Axel Berger

# TOD AUF TEXEL

## DE HONDENZOON

(Inselkrimi)

**Inhalt:** Am Strand der niederländischen Ferieninsel *Texel* wird eine Leiche aufgefunden. Der Mann wurde brutal erschlagen. Doch von wem? Vom Täter fehlt zunächst jede Spur, *Hoofdinspecteur* Jan de Vries und der Wijkagent Theo van Duivenbode tappen im Dunkeln. Fest steht, hinter dieser Tat steckt mehr als zunächst vermutet. Eine alte Schuld muss beglichen werden, Vergeltung geübt werden?!

Die Lage scheint hoffnungslos. Als sie gar nicht mehr weiterwissen, erhalten die Ermittler plötzlich Hilfe aus der Vergangenheit. Doch, nachdem sie *de Hondenzoon* schließlich doch schnappen, tuen sich schnell Zweifel auf, die Fragen nach wahrer Gerechtigkeit, Vergebung und Sühne stellen sich – und, ob sie nicht vielleicht doch den Falschen verhaftet haben.

Den Leser erwartet ein spannender Inselkrimi mit viel Nordseeflair und Lokalkolorit. *Tod auf Texel* ist der erste Teil einer neuen Reihe um den Insel-Polizisten und Spezialermittler Jan de Vries.

**Tipp aus dem Buchuniversum von Axel Berger und Marlies König:** Wer mehr über die Wurzeln von Jan de Vries erfahren will, dem sei der Kurzkrimi *Tod auf Ameland* empfohlen. Mehr über Anke Frerichs, seine deutsche Kollegin erfährt, wer mit *Der Fallensteller* in die Reihe um die drei norddeutschen Ermittler Werner Vollmers, Anke Frerichs und Enno Melchert einsteigt. Wer Annie de Vries, die Schwester des Ermittlers näher kennenlernen möchte, dem sei das Buch *Annie, so schreibt das Leben!* von Marlies König empfohlen.

**Über den Autor:** Axel Berger wurde 1971 in Bremen geboren, ist Publizist, Werbetexter sowie Gründer und Mitinhaber der Werbeagentur Mangoblau. Mit seiner Lebensgefährtin Marlies Mittwollen und seinem Hund Campari lebt und arbeitet er überwiegend in Oldenburg (Oldb.).

Mehr Informationen zu den Romanen von Axel Berger finden Sie im Internet unter www.axelberger.com oder auf Facebook: www.facebook.com/axelberger.911



Lektorat/Korrektorat: Medienhaus Stecker – Varel, Mangoblau GmbH

Titelbild: © Olha Rohulya & Mangoblau

Rückseite: © Olha Rohulya & Mangoblau

Umschlaggestaltung: Marlies Mittwollen, Mangoblau GmbH - Oldenburg

*„Schuld stirbt in Vergebung oder tötet."*
Manfred Hinrich (1926 - 2015)

Dr. phil., deutscher Philosoph, Philologe, Aphoristiker und Schriftsteller

## PROLOG

Ein gellender Schrei wurde vom Tosen des Meeres und dem noch immer heftig wehenden Wind, den Nachwehen eines Gewitters, verschluckt und in die Unendlichkeit verbannt. Stumme, davoneilende Schritte im Sand. Lautloses Flüchten.

Gerd Janssen starb einsam.

Die Sonne schickte sich an, über dem Horizont aufzusteigen, dem Meer zu entfliehen, den Strand von Texel in Licht und Wärme zu tauchen. Doch dort, wo Leben sein sollte, begrüßte nun der Tod den neuen Tag mit seiner hässlichen Fratze. Blut quoll zwischen seinen Lippen hervor und tropfte träge in den Sand, weigerte sich einzusickern, blieb trotzig an der Oberfläche, wie zum letzten Beweis seiner flüchtigen Existenz. Tödliche Spuren im Sand.

Rot verschleierte seinen Blick. Der Geruch von salziger Luft vermischte sich mit dem Geschmack von Eisen in seinem Mund. So würde es nun also zu Ende gehen. Seine Gedanken wanderten für einen kurzen Moment zurück in seine Kindheit, er sah seine Mutter vor sich, winkte seinem Vater zum Abschied zu. Stationen seines Lebens: Abitur, der erste Kuss, der erste Job, Hochzeit, die Geburt seines Sohnes, ein silbergrauer Opel Kadett, Rom, Schüsse, der Tod, das Erlöschen von Leben in sterbenden Augen, Blut ... was würde von ihm bleiben? Hatte er sein Leben so gelebt, wie er es sich als junger Mann vorgestellt hatte?

Er konnte es nicht sagen. Zu viel hatte er noch vorgehabt, zu viel zu sagen gehabt, Bedauern und Entschuldigungen würden unausgesprochen bleiben. Schulden ungetilgt bleiben. Seine Frau. Sein Sohn. Sie würden ihn nicht vermissen …

Er starb. Sein letzter Blick, bevor das Licht in seinen Augen für immer erlosch, erfasste eine Möwe, die versuchte, irgendwas, das aussah wie eine Brotbox für Kinder, aus einem der schwarzen Mülleimer zu zerren. Ihr wütendes Gezeter, das Rauschen der See, die letzten Geräusche, die er vernehmen, sein schwindender Verstand registrieren und mitnehmen sollte, in die alles verzehrende Ewigkeit.

Gerd Janssen war kalt, unendlich kalt, aber Schmerzen hatte er keine. Gott sei Dank. Er zwinkerte – langsam, fast wie in Zeitlupe. Eine bleierne Schwere legte sich auf seine Augenlider und drückte sie unerbittlich zusammen. Er kämpfte nicht mehr; hatte den Kampf verloren. Er hatte …

Dunkelheit!

Gerd Janssen starb einsam …

… am Strand von Texel - mit einem klaffenden Loch im Kopf.

**KAPITEL 1**

*Waakzaam en dienstbaar. Waakzaam en dienstbaar. Wachsam und dienstbar.*

Immer und immer wieder ging Jan de Vries der Leitspruch der niederländischen Polizei durch den Kopf, während der blonde Hüne, der auf den ersten Blick eher wie ein russischer Türsteher, als ein Polizist des *Dienst Nationale Recherche*, der niederländischen Kriminalpolizei, wirkte, auf das tosende offene Meer hinaussah. Kleine Schaumkronen tanzten auf den Wellen, Reste eines erst kürzlich über die Küste vorübergezogene Gewitters. Unzählige Möwe umzingelten die *Texelstroom*, das weiße Flaggschiff der Teso-Line und begleiteten es bei seiner Überfahrt von Den Helder nach Texel.

Jan de Vries war auf Ameland geboren, aufgewachsen und nach erfolgreicher Absolvierung der Polizeiakademie in *Appeldorn* auch wieder dorthin zurückgekehrt.

Auf dem heimeligen, zwischen *Terschelling* und *Schiermonnikoog* gelegenen Eiland hatte er vor Jahren auch seinen ersten Mordfall bearbeitet. Damals noch als ganz normaler *Wijkagent* und mit der Unterstützung einer deutschen Polizistin, die zufällig mit ihrer Lebensgefährtin Urlaub auf der Insel gemacht hatte.

Der Fall um den bestialisch ermordeten Kinderschänder Gerd Brendigs hatte sein Leben von Grund auf verändert. Seine Vorgesetzten und der verantwortliche Leiter für Tourismusfragen auf Ameland waren mehr als zufrieden mit dem Ergebnis der schnellen und diskreten Ermittlung gewesen, die zwar improvisiert, aber ohne große öffentliche Anteilnahme über die Bühne gegangen war.

Glücklicherweise hatte auch die örtliche Presse mitgespielt, denn ein Mord auf einer Ferieninsel konnte für das Geschäft der Inselbewohner den finanziellen Supergau bedeuten, besonders während, oder noch schlimmer, kurz vor Saisonbeginn. Als gebürtiger Insulaner wusste er, wie man sich in diesem Mikrokosmos bewegen und mit den Einheimischen umgehen musste. Ein Fremder hatte hier keine Chance. Hier war er Zuhause, die Insel und das Meer waren ein fester Teil seiner DNA.

Als man ihm daraufhin einen Wechsel zur Kriminalpolizei anbot, hatte er nicht lange gezögert und angenommen. Nun war er bereits seit über drei Jahren *Hoofdinspecteur* und immer, wenn es um ein Kapitalverbrechen auf einer der friesischen Inseln ging, rief man den gut zwei Meter messenden Beamten mit dem mächtigen Brustkorb und dem kantigen Kinn.

Sein Blick wanderte zum Horizont, an dem sich in der Ferne bereits der *Veerhaven* von Texel und das danebenliegende, kleine Fischerdorf *'t Horntje* abzuzeichnen begannen. Seine Dienstpistole, eine Walther P99Q ruhte, eine trügerische Friedlichkeit vortäuschend, in einem braunen Schulterholster unter seiner linken Achsel und lauerte dort auf ihren Einsatz. Zum Glück hatte er in der Vergangenheit nur sehr selten von ihr Gebrauch machen müssen.

Es war Ende August. Die Hauptsaison näherte sich für dieses Jahr dem Ende. Die großen Ferien waren fast überall vorbei. Die Insel atmete einmal tief durch, bis sie in den Herbstferien nochmal auflebte, bevor dann alles unter Kälte, Eis und Schnee erstarren würde und sich alles auf den nächsten Sommer vorbereitete. Er seufzte und atmete mehrmals tief durch, sog die salzige Luft tief in seine Lunge ein, hielt kurz den Atem an, gleich so, als ob er damit das Gefühl von Heimat und Meer in sich konservieren könnte.

Diesmal hatte man ihn nach Texel, dem 23,7 mal 9,6 Kilometer messenden und damit größten der fünf bewohnten holländischen *Waddeneilanden* beordert. Jemand hatte einen Mann mit eingeschlagenem Schädel am Strand gefunden. Seine Dienste, seine Erfahrung und sein detektivisches Gespür wurden gebraucht. Die örtliche Polizei, was auch verständlich war, war der Sache nicht gewachsen. Taten auf der Insel doch nur normale *Wijkagenten* Dienst, so wie auch er einmal einer gewesen war. Gut ausgebildete, speziell geschulte Kollegen, wenn es um Recht und Ordnung in einem Feriengebiet ging, doch unerfahren, wenn ein Mord das sensible Gleichgewicht zwischen der heimeligen Ferienidylle und dem wahren Leben zu zerstören drohte. Dieses zu bewahren war nun seine Aufgabe. Er hatte einen Mörder zu schnappen – und das möglichst ohne großes Aufsehen zu erzeugen. Keine leichte Aufgabe in einem Mikrokosmos namens Insel.

Größen- und einwohnermäßig lag *Texel* mit 13.614 Insulanern und ebenso viele Schafen zwar uneinholbar auf Platz eins vor den anderen Eilanden, doch verbreiteten sich schlechte Nachrichten auch hier wie ein Lauffeuer; da unterschied sich Texel nicht von jeder anderen Insel, einer Kleinstadt oder einem Dorf. Und doch hatte die Kommunikation auf einem vom Meer umschlossenen Stückchen Erde noch immer eine ganz besondere Dynamik.

De Vries waren die kleineren Inseln wie *Ameland* oder *Schiermonnikoog* mit ihren gerade mal 3.680 beziehungsweise 941 Einwohnern lieber. Sie fühlten sich für ihn überschaubarer, heimeliger und vertrauter an und doch liebte er jede der friesischen Insel, hatte doch jede für sich, so ähnlich sie auf den ersten Blick auch wirken mochten, ihren ganz eigenen rauhen Charme, ihre ganz eigene Persönlichkeit.

Und nun hatte der Tod erneut seinen Schatten über eine „seiner" Inseln geworfen. Eine heftige Windböe erfasste den Ermittler und drückte ihn Richtung Reling, gleich so, als ob der Tod eine Warnung übermitteln wollte, ihn zu sich rufen würde. Ein Frösteln durchlief ihn. Er zog den Reißverschluss seiner Jacke bis ans Kinn und versuchte seine Gedanken in eine andere Richtung zu lenken.

Vielleicht würde er seinem Besuch auf Texel wenigstens etwas Gutes abgewinnen und das Notwendige mit dem Nützlichen verbinden können. Vielleicht würde er seine Halbschwester, die hier auf der Insel ein Haus besaß und zeitweise sogar dort lebte, einen Besuch abstatten können.

Die erfolgreiche Autorin mit dem bezaubernden Namen Annie war etwas älter als er. Sie war seine große Schwester, auch wenn man das kaum glauben mochte, wenn die beiden so ungleichen Geschwister nebeneinanderstanden und er sie fast um einen ganzen Kopf überragte. Äußerlich hatten sie nicht besonders viel Ähnlichkeit, doch die Gene ihrer gemeinsamen Mutter und ihr großes Herz verbanden sie bis in alle Ewigkeit.

Jan de Vries liebte seine Halbschwester über alles, war sie doch sein Sonnenschein, sein Anker, in der nicht selten allzu dunklen Welt aus Mord, Intrigen und Totschlag. Er würde sie besuchen. Vielleicht. Wenn es der Fall zuließ. Er würde sehen, wie sich die Sache entwickelt.

Besonders viele Informationen hatte man ihm bisher noch nicht geben können. Er war gespannt auf das, was ihn am Stand von *Texel* erwarten würde. Eines jedoch stand jetzt schon fest: es würde mit an Sicherheit grenzender Wahrscheinlichkeit blutig werden.

Keine anderthalb Stunden waren seit seiner Alarmierung vergangen. Zum Glück war er gerade im Rechtsmedizinischen Institut von Den Helder gewesen, als der Anruf kam. Binnen Minuten war er in Richtung Fähre, vorbei an den alten roten Fabrikhallen, dem alten Marinemuseum und dem achtundsiebzig Meter langen und eine Million Kilo schweren, für Besucher zugänglichen U-Boot, unterwegs gewesen und hatte auf einer der täglich im Halbstundentakt ablegenden Fähren eingecheckt.

Nun harrte er an Deck der Fähre geduldig auf die Dinge, die da auf der Insel auf ihn warteten würden. Eines stand, wie eigentlich immer, bereits fest: bei allem was er nun tat, es war Eile geboten. Grundsätzlich galt: die ersten Stunden in einem Mordfall waren die wichtigsten, nicht nur, aber ganz besonders, wenn es um ein Verbrechen auf einer Insel ging. In diesem speziellen Fall, sah man einmal vom Luftweg oder einem eigenen Boot ab, gab es für den Täter oder die Täterin nämlich nur einen Fluchtweg: die Fähre nach *Den Helder*.

Außerdem galt es schnell vor Ort zu sein, um die örtliche Presse im Zaum zu halten. Seine Aufgabe bestand nicht nur aus der klassischen Polizeiarbeit, Jan de Vries fungierte außerdem noch als Bindeglied zwischen Polizei, Presse und Öffentlichkeit. Zum Glück hatte er über die Jahre ein sehr gutes Verhältnis zu den regionalen Medienvertretern, Bloggern und Zeitungen aufgebaut, sodass die Zusammenarbeit meisten recht gut funktionierte. Doch ewig würde er den Tod eines Mannes am Strand von *Texel* nicht aus den Schlagzeilen fernhalten können. Im Geiste sah er den Bericht über den Mord schon auf dem Titelblatt der *Texelse Courant*, der einzigen, zweimal wöchentlich auf der Ferieninsel erscheinenden Zeitung, prangen. Das wäre eine Katastrophe für den Fremdenverkehr und für alle Insulaner, die es zu verhindern galt.

Eine neugierige Möwe, sicherlich in der Hoffnung auf irgendeinen übriggebliebenen Leckerbissen aus dem Bordrestaurant, umkreiste sondierend das Deck der *Texelstroom,* kreischte wütend, da es augenscheinlich heute nichts zu holen gab und ließ sich schließlich enttäuscht vom Wind davontragen.

Er lächelte, als nach einem kleinen Schwenk des Schiffes endlich der Hafen von *Texel* vor ihm lag. Ein tiefes Tuten kündigte die Ankunft der Fähre auf dem Eiland an.

In nur wenigen Minuten würde er dem Tod ein weiteres Mal in die trüben Augen blicken müssen und in einem Wettlauf gegen die Zeit und das Vergessen mit dem Mörder oder der Mörderin in einen Zweikampf treten. Irgendwas in seinem Bauch, irgendwas an der Stimme des Kollegen am Telefon, sagte ihm, dass hinter diesem Fall noch etwas mehr steckte, als man ihm bisher erzählt hatte. Ein weiterer Signalton, gefolgt von einer kurzen Ansage, gellte über das Schiff und wünschte den Gästen einen schönen Aufenthalt auf Hollands angeblich schönster Ferieninsel.

Jan de Vries schulterte seinen dunkelblauen Einsatzrucksack, den er für alle Fälle immer dabei hatte und machte sich auf den Weg in den Bauch des Schiffes, wo sein weißer Nissan Patrol einsatz- und abfahrbereit auf ihn wartete.

## KAPITEL 2

Der bestialische Todesschrei von Gerd Janssen verfolgte ihn noch immer.

Stundenlang war er ziellos durch die Dünen geirrt, vorbei an unbekümmerten Touristen, die nicht ahnten, dass der Mann dem sie soeben begegnet waren, im wahrsten Sinne des Wortes Blut an seinen Händen hatte; ein Mörder war.

Weg, nur weg von der Leiche. Er würde den schrecklichen Anblick nie vergessen. Das Entsetzen, gepaart mit einer Spur von irritierter Ungläubigkeit, in den Augen von Gerd Janssen, bevor er zusammenbrach. Das Geräusch des berstenden Schädels als der Holzpflock ihn traf und der Nagel den Knochen durchstieß. Das Blut. Gelbliche Teile vom Gehirn.

Er hätte nicht gedacht, dass ein Mensch so viel Blut in so kurzer Zeit verlieren könnte. War es zunächst nur langsam hervorgesickert, brach es sich schließlich Bahn und spritzte plötzlich rhythmisch pulsierend aus der Wunde. Ungläubig, unfähig sich zu bewegen, erstarrt in blankem Entsetzen, hatte er auf den sterbenden Mann herabgeblickt.

Gefühlt hatte er gar nichts. Weder Angst, noch Reue und schon gar keine Befriedigung oder Genugtuung. Der Schrei einer Möwe, oder war es etwa ein Rabe, ein altbekannter Bote des Todes, gewesen, hatte ihn schließlich aus seiner Lethargie gerissen. Noch bevor das Opfer seinen letzten Atemzug gemacht hatte, war er kopflos davongestürmt.

Wohin? Er wusste es nicht. Er wollte nur weg, wusste, dass es hier bald vor Menschen nur so wimmeln würde, die hier die letzten Ausläufer des insgesamt sehr verregneten Sommers genießen wollten. Zum Glück schien ihn niemand gesehen zu haben. Er hatte sich unter dem Restaurant hindurch in Richtung der Dünen geschlichen und war dann auf allen Vieren den steilen Abhang hinter dem hölzernen Versorgungshäuschen hinaufgeklettert. Erschöpft war er dann kurz im Schutz des sich im Wind wiegenden Dünengrases liegen geblieben, um wieder zu Atem zu kommen und einen klaren Gedanken zu fassen. Doch der Schock machte es ihm unmöglich.

*Ich habe einen Menschen getötet. Ich habe einen Menschen getötet,* kreiste die entsetzliche Tatsache durch seinen Kopf, wiederholte sich, wie eine niemals enden wollendes Mantra des Todes.

Als er vereinzelte leise Rufe vom Strand vernahm war er schließlich im Schutz des Pfahlbaus davongeschlichen. Zunächst vorsichtig im Kriechgang, wie ein Indianer in einem alten Karl-May-Film, dann geduckt laufend und dann rennend. Er rannte um sein Leben, strauchelte, fiel hin und rappelte sich wieder hoch, stolperte durch die hügelige Küstenlinie der Insel. Zerriss sich die Kleidung an den dornigen Büschen und ritzte sich die Hände blutig, wenn er stürzte. Er rannte und rannte, immer tiefer hinein in die unberührte Natur der Insel, fort von dem Ort, an dem er Gerd Janssen das Leben genommen hatte.

## KAPITEL 3

Jan de Vries liebte das leichte Stechen der Abermillionen vom Wind über den Strand getriebenen Sandkörner auf seiner Haut. Die Sonne hatte sich für einen Moment hinter zwei Wolkenbergen versteckt, heftiger Wind drückte das Seegras zu Boden und trieb den Sand über das weitläufige Beige. Binnen Sekunden war die gefühlte Temperatur um mehrere Grad gesunken. Er fröstelte leicht und klappte den Kragen seiner Jacke nach oben. Der *Hoofdinspecteur* blickte in den Himmel, verfolgte den Flug der Wolken und hoffte unterbewusst auf ein baldiges Wiedersehen mit dem wärmenden Himmelskörper.

Seine Gedanken wanderten an der Küstenlinie entlang zurück in die Vergangenheit.

In den vergangenen Jahren waren seine Dienste auf *Texel* – Gott sei Dank – nur sehr selten benötigt worden. Genau genommen hatte er hier lediglich in einem Todesfall ermitteln müssen. Damals war eine 17-jährige Radfahrerin aus dem kleinen Städtchen Wieringerwerf bei einem Unfall mit Fahrerflucht zu Tode gekommen. Auf Grund von Zeugenaussagen und einigen sehr eindeutigen Hinweisen, konnte der Fahrer relativ unkompliziert und zügig ermittelt werden. Schnell war klar gewesen, dass es sich wirklich um einen bedauernswerten Unfall, der auf überhöhte Geschwindigkeit zurückzuführen war, und nicht um ein vorsätzlich oder gar geplantes Verbrechen handelte. Nichtsdestotrotz waren beide, der Fahrer und der Beifahrer, zu empfindlichen Strafen verurteilt worden. Bereits nach einem Tag und etwas Papierkram konnte der Fall damals abgeschlossen werden. In der Presse hatte er jedoch kurz für einigen Wirbel gesorgt. Jan de Vries erinnerte sich noch an die unter Zeitdruck entstandenen, übertrieben Schlagzeilen:

*Urlauberin von Auto überrollt – Killer flüchtig!*

Der Unfall war kurz vor Redaktionsschluss passiert und der übermotivierte Redakteur war damals mit seiner auf Vermutungen und Spekulationen basierende Geschichte mehr als weit über das Ziel hinausgeschossen. Er hatte in der nächsten Ausgabe ordentlich zurückrudern und eine umfassende Richtigstellung abdrucken müssen.

Die Stimme eines uniformierten Polizisten mit einem buschigen Oberlippenbart und Glatze, riss ihn aus seinen Gedanken zurück in die Wirklichkeit; zurück an den Tatort:

„Die Leiche wurde heute Morgen von einem Jogger mit seinem Hund entdeckt", er blätterte in seinem Notizbuch und fuhr dann fort: „einem Pieter Mulder." Eine weitere kurze Pause folgte, ganz so als wollte er seinen Worten dadurch mehr Gewicht oder Nachdruck verleihen. De Vries sah ihn aber nur schweigend und mit hochgezogenen Augenbrauen an, also fuhr er fort: „Der Mann hat dann sofort die Jungs vom *Strandbewaking* verständigt, die auf Grund des gestern zu Ende gegangenen Kitesurfing-

Wochenendes bereits so früh vor Ort waren, um die letzten Stände und Buden mit abzubauen", er deutete auf das kleine Gebäude mit den großen Fenstern, das sich rechts, leicht versetzt, oberhalb vom auf Stelzen stehenden Restaurants mit dem Namen Paal 17, in die Dünen einfügte. „Die sind dann sofort runter, haben dann aber schnell festgestellt, dass da nichts mehr zu retten ist und haben uns verständigt" schloss er.

„Wo ist dieser Mulder jetzt?", fragte de Vries während er den Blick über den Strand schweifen ließ.

„Wir haben ihn zur Sicherheit erstmal aus der Schusslinie gebracht und gebeten, oben bei den Rettungsschwimmern auf dich zu warten. Ein vorläufiges Protokoll und seine kompletten Personalien habe ich bereits aufgenommen". Er steckte sein Notizbuch wieder in seine große Brusttasche und blickte aufs Meer hinaus, „viel konnte er uns aber auch nicht sagen. Er ist erst seit gestern hier und wollte seinen wohlverdienten Urlaub mit einem Strandlauf beginnen. Er wohnt mit seiner Familie in einem Appartement im *Zeerust Hotel* in De Koog."

„Ein ganz schönes Stück von dort bis hier her." De Vries verzog nachdenklich das Gesicht. „Respekt! Würde ich so ohne Weiteres nicht schaffen."

Mit einem knappen Kopfnicken stimmte der Wijkagent ihm zu. „Stimmt. Nicht schlecht."

Eine weitere kurze Pause folgte. Theo van Duivenbode war, wie viele Insulaner, kein Freund vieler Worte. Genaugenommen hatte er für seinen Geschmack heute bereits viel zu viel geredet. Doch diese besondere Ausnahm-esituation erforderte das nun einmal von ihm. Pflichtergeben versuchte er, sich in sein Schicksal zu fügen. *Waakzaam en dienstbaar.*

Nach einer Weile, nachdem sein Vorgesetzer scheinbar auch nichts sagen wollte, ergriff er erneut das Wort: „Er ist nicht zum ersten Mal hier. Er wollte einen Bogen laufen, über den Strand hin und durch die Dünen wieder zurück. So war zumindest sein Plan. Bei einer kleinen Pause, und ein paar Dehnübungen, ist ihm dann der Leichnam beziehungsweise der leblose Körper des Opfers und das Blut aufgefallen."

De Vries musterte den kahlköpfigen *Wijkagenten*, der zufälliger Weise den Namen eines berühmten Fußballers trug, unauffällig von der Seite. Er konnte gut nachvollziehen, wie unwohl sich van Duivenbode gerade fühlen musste. Es war für den Polizisten seine erste Leiche, Jan de Vries wusste das aus seiner digitalen Personalakte, die er sich auf der Fähre kurz zu Gemüte geführt hatte. Er wusste gerne im Vorfeld, mit wem er arbeitete. Dafür machte er sich eigentlich ganz gut, fand er. Besser zumindest, als er selber vor vielen Jahren, bei seinem ersten Mordfall auf *Ameland*.

Gott sei Dank hatte auch er damals fachkundige und erfahrene Unterstützung gehabt, eine deutsche Polizistin, die Urlaub auf der Insel gemacht, und ihn bei den mehr als ungewöhnlichen Ermittlungen unterstützt hatte.

„Was machen wir nun?", fragte der Polizeibeamte nach einem Moment des Schweigens und riss ihn damit aus seinen Gedanken. Innerlich schüttelte sich de Vries und presste seine Augenlider mit den langen Wimpern mehrmals aufeinander, so als wollte er sich so zurück in die Wirklichkeit zwinkern.

„Ich werde mir die Leiche und den Fundort jetzt erstmal etwas genauer anschauen. Dann sehen wir weiter." Er machte sich in Richtung der, mit einer heftig im Wind flatternden Plane verdeckten Leiche, auf. Die Rettungsschwimmer und der Polizist hatten umsichtig gehandelt und den Toten so vor neugierigen Blicken abgeschirmt. Auch das obligatorische Absperren des Tatorts hatte van Duivenbode vorbildlich erledigt.

*Gut gemacht, Wijkagent,* dachte de Vries, während er noch einmal kurz innehielt, tief durchatmete und seine Lungen mit frischer Seeluft füllte, bevor er gleich dem Tod ins Auge blicken würde.

„Ach, van Duivenbode", er wandte sich noch einmal zu dem etwa ein Meter fünfundsiebzig großen Streifenpolizisten um, „gute Arbeit soweit!“ Er nickte ihm aufmunternd zu, dann fuhr er fort: „und bitte sorg dafür, dass die Leute auch wirklich auf Abstand bleiben und mir eventuelle

Spuren nicht zertreten werden. Die Kollegen von der Spurensicherung müssten eigentlich jede Minute eintreffen."

Als Antwort erhielt er nur ein stummes Nicken des Polizeibeamten. Ein kurzer Anflug eines Lächelns huschte, ob der für einen Insulaner fast schon überschwänglichen Gefühlsregung des *Wijkagenten,* über das Gesicht von Jan de Vries, bevor er die Plane zur Seite schlug und es bei dem Anblick der Leiche zu einer erstarrten Grimasse gefror.

Der Tod hieß ihn willkommen. Seine Sinne schärften sich, fokussierten, nahmen jede noch so kleine oder scheinbar unbedeutende Kleinigkeit wahr. Speicherten sie, brannten sie unauslöschlich in sein Gehirn ein, wo sie irgendwann, wenn sie von Nutzen waren, hervorgeholt werden konnten, wie Dateien, Daten oder Bilder auf der Festplatte eines Computers. Jan de Vries´ Gehirn war so ein Computer. Schon seit seiner Kindheit hatte er diese ganz besondere Gabe. Er hatte ein Gedächtnis wie ein Elefant. Er vergaß nie etwas, was er gehört, gesehen oder anderweitig in sich aufgenommen hatte.

Die Gabe war natürlich nützlich, wenn man Polizist war ... im Privatleben oder in einer Partnerschaft konnte sie jedoch nicht selten auch hinderlich sein. Vergessen konnte eine Gnade sein. Nichtvergessenkönnen – ein Fluch. Jede Verletzung, jedes Opfer, jede Lüge, für immer gespeichert; der Grund für so manch schlaflose Nacht. Auch dieser Anblick würde sich für immer in seinem Gehirn festsetzen, sich tief einbrennen, genau wie das Symbol auf einem Brandeisen, dass ein Pferd zu einem Teil von etwas Größerem machte.

Blut. Das erste was ihm auffiel, was er registrierte, war die Unmenge Blut. Blut überall. Auf dem Opfer, dem Sand und an einem der von Algen bewachsenen Stützpfeiler hinter dem Toten. Der Sand um den Kopf des Opfers herum war tief rostbraun gefärbt.

Dann nahm er den Geruch wahr. Ein leicht muffiges Aroma von Meerwasser, Salz, Sand, verrottendem Holz und Metall lag über der Szenerie. Unterbewusst, im Hintergrund: die Geräusche. Rotweiß gestreiftes, den Tatort einrahmendes Absperrband mit der Aufschrift *NIET BETREDEN* und dem *Politie*-Logo, flatterte leise knisternd im Wind und versuchte ungeschickt und leise das Geräusch von Segeln oder Kiteschirmen in ihrem Kampf gegen die Naturgewalten nachzuahmen. Von Ferne: die Plane im Tanz mit den Böen und das leise Gemurmel von van Duivenbode, der scheinbar mit jemandem telefonierte. Sehr wahrscheinlich war es das Team der Spurensicherung.

Er zog sein Mobiltelefon aus der Tasche, betätigte auf dem Display das Icon mit dem Kamerasymbol und machte eine Serie von Fotos. Bilder des Todes. Van Duivenbode hatte zwar auch schon alles fotografiert, aber man konnte ja nie wissen. Was man hatte, hatte man. Er ging in solchen Fällen lieber auf Nummer sicher. Gerade an einem Tatort, der Wind, Wetter und den Gezeiten ausgesetzt ist, war es notwendig alles umgehend so gut wie möglich zu dokumentieren und zu sichern. Eine ungestüme Welle, eine einzige mächtige Windböe konnten einem alles zunichte machen, Beweise vernichten oder unwiederbringlich mit sich in die Unendlichkeit reißen.

Jan de Vries hockte sich direkt vor den Leichnam und versuchte so eine emotionale Bindung mit dem Opfer aufzubauen. Das war seine Art, seine Herangehensweise, um sich einem Fall zu nähern. Die leeren Augen des Toten starrten bereits milchig getrübt in die unendliche Weite des Meeres. Küstennebel. Die Konsistenz und das Aussehen des beliebten Getränkes beschrieben für ihn am besten die typische Trübung der Augen eines Verstorbenen.

Der eigentliche Verwesungsprozess hatte noch nicht wirklich angefangen, und doch hatten sich bereits die ersten Boten des Todes eingefunden. Unzählige Fliegen schwirrten umher und umkreisten den Leichnam wie ein Restaurantgast ein reichhaltig bestücktes Buffet. Von überall her strömten und flogen die unterschiedlichsten Insekten heran, um sich an Gerd Janssens Fleisch und seinen Körperflüssigkeiten gütlich zu tun und so dem ewig währenden Kreislauf der Natur zu ihrem Lauf zu verhelfen.

Der Kommissar beugte sich vor und scheuchte ein paar goldgrünlich schimmernde Fliegen der

Gattung *Calliphora vicina* davon. Er hasste diese alten Bekannten, waren sie doch stete Begleiter eines jeden Tatorts und jeder Leiche. Schmeißfliegen und ihre Verwandten, die Goldfliegen bestimmen in der Regel die ersten Tage des körperlichen Zerfalls einer Leiche und ließen oft nur wenig Platz für andere Spezies übrig. Tausend unterschiedliche Arten dieser Gattung waren bekannt, in nördlichen Gefilden wie den Niederlanden oder Deutschland waren circa vierzig davon beheimatet und trugen maßgeblich zum Abbau eines verwesenden Körpers bei. Ihnen folgen die Käse- oder Schwingfliegen, dann kamen andere dem Tod dienliche Insekten ins Spiel. Auf Grund der erst kurzen Liegezeit des Opfers an diesem sonnengeschützen Ort am Strand, unterhalb des Restaurants, waren sie Gott sei Dank noch nicht übermäßig stark vorhanden und erleichterten ihm seine Arbeit, machten es etwas erträglicher für den Ermittler.

Der Mann war erschlagen worden. Das war auf den ersten Blick zweifelsfrei festzustellen. Auch wenn später im Rechtsmedizinischen Institut noch weitere, genauere Untersuchungen durchgeführt werden würden, konnte man jetzt schon eindeutig sagen, woran er gestorben war, denn die mutmaßliche Tatwaffe lag noch immer direkt neben ihm im Sand. Ein etwa ein Meter langer Holzbalken, ein Kantholz von ungefähr fünf mal acht Zentimeter mit einem Nagel an einem Ende hatte zum Tod des Mannes geführt. Der eingeschlagene Schädel und das Loch in seiner Schläfe sprachen eine mehr als eindeutige

Sprache. Der Nagel war mit getrocknetem Blut und gelblichen Flocken, vermutlich Teile vom Gehirn des Opfers, befleckt.

*Eine Tat im Affekt. Sonst hätte der Täter die Tatwaffe nicht zurückgelassen,* dachte Jan de Vries, während er mit einem Kugelschreiber vorsichtig das Kantholz anhob, um den Nagel etwas genauer unter die Lupe zu nehmen. Es glaubte zwar nicht, dass man auf dem vom Wind und Wetter gegerbten Holz einen brauchbaren Fingerabdruck finden würde, aber man konnte ja nie wissen. Die neusten forensischen Methoden versetzten ihn immer wieder in Erstaunen.

Insgeheim wunderte er sich, dass er vor der Spurensicherung hier gewesen war, waren sie doch in etwa zur gleichen Zeit benachrichtig worden. Möglicherweise war er im Vorteil gewesen. De Vries hatte lediglich den kurzen Weg zur Fähre zurücklegen müssen und dann auch noch Glück gehabt. Direkt hinter ihm hatten sich die Tore geschlossen. Er war als letztes Fahrzeug noch mit in den Bauch des riesigen Schiffes geschlüpft. Keine drei Minuten später hatte die Fähre bereits abgelegt.

Er ließ den Balken wieder an seinen ursprünglichen Platz zurücksinken und suchte den Leichnam nach weiteren Auffälligkeiten ab. Sein Blick wanderte über das Gesicht, hinab über den Hals, den Oberkörper, den Bauch und wieder zurück an den Kragen der Jacke des Opfers. Er nahm jede Einzelheit in sich auf. Etwas funkelte im Halbdunkel unter dem Hemd des Toten. Eine silberne Kette mit einem Anhänger auf dem de Vries das Konterfei von Hubertus von Lüttich erkannte, dem Schutzheiligen der Jäger. Er untersuchte das Medaillon mit dem Kugelschreiber und drehte es auf der Suche nach einer Gravur oder etwas Ähnlichem vorsichtig hin und her. Etwas fiel ihm ins Auge.

Auf der Rückseite erkannte er einen Hirsch mit einem Kruzifix im Geweih. Jan de Vries kannte die dahinterstehende Geschichte. Aus dem Mittelalter war die sogenannte Hubertuslegende überliefert, wonach der Heilige auf der Jagd vom Anblick eines prächtigen Hirsches mit einem Kruzifix zwischen den Sprossen des Geweihs bekehrt wurde. Deshalb wird Hubertus, der ehemalige Bischof von Maastricht und Lüttich auch als Schutzpatron der Jagd angesehen.

*Wir haben also einen Jäger vor uns, der selber zum Gejagten*, er korrigierte sich innerlich, *der selber zum Opfer wurde …*

Sein Blick wanderte weiter hinab zur Hüfte und den Beinen des Toten. Unter der Jacke konnte er noch etwas erkennen. Eine Gürteltasche, verrutscht und leicht verdreht umschloss sie seine Körpermitte. Diesmal würde ihm sein Kugelschreiber keine Hilfe sein. Hier musste Hand angelegt werden. Er griff nach seinem Rucksack, den er neben sich gelegt hatte und fingerte ein Paar transparente Einmalhandschuhe hervor. Normalerweise müsste er warten. Eigentlich war es die Aufgabe der Spurensicherung, aber da die ja nun mal jetzt nicht hier war, hatte er eine Entscheidung zu treffen. Er brauchte nur Sekunden. Über etwaige Kompetenzstreitigkeiten konnte und wollte er sich jetzt keine Gedanken machen. Möglicherweise, sehr wahrscheinlich sogar, würden sich in der Gürteltasche wichtige Hinweise auf die Identität des Opfers befinden.

Er tippte auf Portemonnaie, Handy, Hotel- und Autoschlüssel. Ein Lächeln umspielte seine Lippen. Die Identifizierung des Toten hatte grundsätzlich oberste Priorität. Dieses kleine hässliche Kleinod würde ihn und seine Ermittlungen ein gutes Stück voranbringen.

Mit behandschuhten Händen begann er am Gürtel zu zerren, um die Tasche etwas näher zu sich heran zu ziehen. Ein Stöhnen entfuhr dem Leichnam. Jan de Vries zuckte zusammen, erstarrte, hielt ganz automatisch den Atem an. Erschrocken blickte er dem Toten ins Gesicht, doch fand dort keine Spur von Leben. Der unbekannte Mann war und blieb tot. Der immer gleiche, unvermeidliche Verwesungsprozess hatte eingesetzt, diverse Körperflüssigkeiten begannen zu fließen, Gase bildeten sich und verschafften sich Gehör.

Erleichtert und trotzdem angestrengt atmete er auf und wollte sich wieder seinem Tun widmen, als sich unvermittelt ein Schatten über die Szenerie legte. Van Duivenbode war still und leise hinter ihn getreten und beobachtete den Kommissar bei seinen Untersuchungen. Ein unangenehmes Kribbeln lief ihm den Rücken hinab; er drehte sich halb zu seinem Kollegen um.

„Ja?“

„Die Spurensicherung wird in circa 20 Minuten hier eintreffen. Reifenpanne. Fähre verpasst.“

Jan de Vries nickte schweigend, wandte sich wieder dem Leichnam zu, löste vorsichtig den Verschluss der Gürteltasche und zog sie behutsam unter dem Opfer hervor.

Unter den interessierten Blicken des *Wijkagenten* öffnete er dann den Reißverschluss der Tasche – und wurde bitter enttäuscht. Weder eine Brieftasche, noch ein Mobiltelefon oder ein Schlüssel befanden sich darin. Bis auf ein bisschen Bargeld, alles in allem rund 25 Euro, einer Packung Kaugummis, einem Kondom, einem Kugelschreiber und einem zerfledderten Hasenpfoten-Schlüsselanhänger mit einem einzelnen Schlüssel daran, befand sich nichts Brauchbares in der Tasche.

Enttäuscht verzog der Kommissar das Gesicht. *Das fängt ja gut an …*

***

Er hatte gehofft, auch diesmal wieder schnell zum Ziel kommen zu können. Doch sie hatten nichts – außer einer namenlosen Leiche. *Verdammt. Wer war dieser Mann?*

Normalerweise fand man bei den meisten, zumindest bei vielen Leichen, irgendetwas, das zur Identifizierung dienen konnte. Ein Ausweis, der Führerschein, das Handy, Kredit-, EC- oder irgendwelche Kundenkarten. Mit einem Namen von so einer Karte oder dem Führerschein hätten man arbeiten können, hätte seinen Wohnort, sein Hotel oder seine Pension ausfindig machen können. Hätte in seiner Unterkunft vielleicht weitere Spuren gefunden, denen Sie auf der Suche nach einem Täter oder einem Motiv hätten folgen können, hätte … hätte …

Nun standen sie quasi vor dem Nichts. Einzig seine frische Leiche und einen Haufen offener Fragen lag vor ihnen im Sand. *Wat jammer.*

Wenigstens hatten sie jetzt ein recht gelungenes Foto des Toten, ihr einziger Anhaltspunkt zur Identifizierung. Vorerst zumindest. In der Rechtsmedizin würde man später seine Fingerabdrücke nehmen, natürlich. Sollte es sich um einen Niederländer, der vielleicht schon mal mit dem Gesetz in Konflikt gekommen war handeln, hatten sie eine Chance, dass seine Daten in irgendeiner Datenbank auftauchten. War er kein Straftäter oder ein Ausländer … Fehlanzeige. Sie würden es vielleicht nie herausfinden, ihn nie identifizieren. Das bittere Fazit bisher: *John Doe is dood!*

De Vries hatte versucht, sein Gesicht so einzufangen, dass nicht jeder Betrachter gleich in Ohnmacht fallen würde, wenn man es vorzeigte.

Das war eine gar nicht so leichte Aufgabe bei dem Maß an Zerstörung, die der Holzpfahl und der Nagel verursacht hatten.

Ihr erster Ansatz würden die Hotels, die Fähre, der Campingplatz und die Pensionen in der näheren Umgebung sein. Sie hatten keinen Autoschlüssel gefunden. Daher war davon auszugehen, dass er zu Fuß hierhergekommen war. Also konnte er nicht allzu weit entfernt Quartier bezogen haben. Das war keine Frage von Gewissheit, eine Schätzung, basierend auf Erfahrung und gesundem Menschenverstand. Nicht mehr und nicht weniger.

Jetzt hieß es Klinkenputzen. Sie mussten herausfinden, wer der Tote war, denn auch die erneute Befragung von Pieter Mulder hatte nichts gebracht. Jan de Vries und sein Kollege hatten ihn buchstäblich in die Zange genommen, hatten ihn mangels Alternative einfach mal mit ein paar Vermutungen, Unterstellungen und Anschuldigungen konfrontiert – ein hilflos und frustriert wirkender Versuch, einen Glückstreffer zu landen. Doch er kannte den Toten nicht, war lediglich zur falschen Zeit am falschen Ort gewesen. So hatten sie sich schließlich entschuldigt und ihn frustriert ziehen lassen müssen.

Es war ein Graus. Der Strand füllte sich zusehends mit Schaulustigen und Touristen, aber von denen hatte natürlich niemand etwas gesehen, wie sollten sie auch. Und auch die beiden Jungs vom *Strandbewaking* hatten nichts Ungewöhnliches bemerkt ... schlimmer noch, auch das Team der Spurensicherung hatte bisher keine brauchbaren Hinweise zu Tage gefördert. Zumindest nichts, was die Leiche betraf.

Was das Umfeld anging, würde man sehen, ob sich noch etwas Verwendbares finden würde. Sie hatten unzählige Fotos gemacht, Spuren bzw. Fußeindrücke gesichert und alles an Papier, Müll und Strandgut um die Leiche herum eingesammelt, dessen sie habhaft hatten werden könnten. Über Kaugummi, Hundekot in verschiedenen Stadien, bis hin zu Plastiktüten und ein paar angebrochen Flaschen Bier, war alles dabei gewesen. Ob darunter aber etwas Brauchbares war, das den Ermittlern weiterhelfen würde, das würde man erst nach einer näheren Untersuchung im Labor sagen können.

Jan de Vries schnaubte innerlich vor Wut und Frust. Eine halb zerfallene Strandburg wurde mit dem Fuß dem Erdboden gleich gemacht. Das war normalerweise gar nicht seine Art. Er war nicht leicht aus der Ruhe zu bringen, aber so ganz ohne Anhaltspunkte ins Rennen gehen zu müssen, setzte ihn schon jetzt gehörig unter Druck. Schweigend und mit den Zähnen knirschend streifte er den Horizont mit einem Blick. Van Duivenbode beobachte ihn stumm von der Seite aus.

*Diesmal würde die Sache wohl alles andere als leicht werden*, dachte Jan de Vries bei sich, während er sich zum Tatort umdrehte und nun mit dem Blick verfolgte, wie die in einem

Leichensack verstauten Überreste auf einer Metalltrage unter einem schweren Deckel verschwanden, um schließlich von den beiden Mitarbeitern des Rechtsmedizinischen Instituts von *Den Helder* zur weiteren Untersuchung auf das Festland überführt zu werden.

Er straffte die Schultern, atmete tief durch und wandte sich zum Gehen. *Na gut, dann soll es eben so sein. Mögen die Spiele beginnen …*

„Du checkst bitte mit dem Foto die Hotels und Pensionen ab. Ihr habt doch sicherlich eine Liste aller zu vermietenden Räumlichkeiten, oder?" Jan de Vries sah seinen Kollegen fragend an. Zur Antwort nickte der *Wijkagent* nur stumm. Selbstverständlich hatten sie eine solche Liste. So manch betrunkener Tourist wäre ohne ein solches Dokument nach einer durchzechten Nacht auf der Partymeile von *De Koog* sonst sicherlich obdachlos geblieben.

„Fang mit den Hotels in unmittelbarer Umgebung an und arbeitete dich, falls du da nicht schon fündig wirst, Stück für Stück über die Insel. *Er zit niets anders op.* Uns bleibt nichts anderes übrig." Diesmal wurde das Nicken von einem leisen Grunzen unterstützt.

*Viele Wörter hat er wirklich nicht, selbst für einen Insulaner. Noch ein paar weniger und man hätte ihn für stumm erklären müssen,* dachte der Kommissar und musste dabei innerlich grinsen. Wie soll das denn erst werden, wenn er jetzt an die einhundertzwanzig Unterkünfte abklappern musste? Er zuckte mit den Schultern. Van Duivenbode würde das schon schaffen. Sie müssten unbedingt mehr über das Opfer rausbekommen. Vor allen Dingen brauchten sie einen Namen.

Der Kommissar nickte seinem Kollegen zu und sagte ohne eine Antwort zu erwarten: „Wir sehen uns dann später im Hauptquartier", dabei klappte er den Kragen hoch, vergrub die Hände in den Taschen seiner Jacke und stapfte nachdenklich in Richtung seines Wagens davon.

Der *Wijkagent* schaute ihm nur schweigend hinterher und begann pflichtbewusst mit den Aufräumarbeiten, bevor er sich dann den Hotels und Pensionen widmen würde.

In Gedanken versunken rollte er das Tatortabsperrband zusammen, schaute dabei hinaus auf das Meer und versuchte zu verstehen, zu verarbeiten, was hier soeben geschehen war. Es war unglaublich. In nicht einmal einer Stunde würde niemand mehr auch nur ansatzweise vermuten, dass hier vor wenigen Stunden ein Mann ermordet worden war.

Der Strand, der Wind und das Meer würden das Geschehen, sein Leben und seine Spuren für immer in Wasser, Sand und Salz verwoben, verschwinden lassen ...

## KAPITEL 4

Sein Blick wanderte über die Landschaft zu dem direkt rechts vor ihm liegenden Institut für Meereskunde, dem *Ecomare*. Er hatte sich vom Tatort verabschiedet und sich in Richtung Polizeistation auf den Weg gemacht, um von dort aus den weiteren Verlauf der Ermittlungen zu koordinieren beziehungsweise zu planen. Noch hatten sie, außer einer Leiche - nichts.

Das Naturkundemuseum, Aquarium und Schutzzentrum für Seehunde und Vögel duckte sich mit seinem Flachdach tief in die Dünen; der Parkplatz war ungefähr zur Hälfte gefüllt.

Es war ein lohnendes Ausflugsziel für Besucher jeden Alters, denn man konnte hier Seehunde und Schweinswale nicht nur anschauen, zu bestimmten Zeiten konnte man sie sogar füttern. Auch Vögel, Fische und andere Meerestiere konnte man in dem Komplex mit der großen Wal-Skulptur vor dem Eingang, ganz aus der Nähe bewundern. Hier wurden regelmäßig verschiedenen Ausstellungen durchgeführt, außerdem starteten von hier aus diverse Exkursionen, um das Weltnaturerbe Wattenmeer, die Nordsee und das Biotop *Texel* kennenzulernen.

Als Kind war Jan de Vries fast jedes Jahr in den Sommerferien hier gewesen. Er hatte es geliebt: die Nähe zur Natur, den Tieren und dem Meer.

Doch nun hatte der Tod seinen dunklen Schatten über seinen Zufluchtsort aus Kindheitstagen gelegt, diesem Ort seine Leichtigkeit und Unbeschwertheit genommen. Er seufzte und trat auf die Bremse. Nachdenklich rieb er sich mit der rechten Hand die aufkommende Müdigkeit und Schwere aus dem Gesicht.

Einige Sätze aus einem Gedicht des berühmten tschechischen Philosophen *Lexa Regreb* kamen ihm in den Sinn:

*Das Leben und das Sterben, ein steter Fluss, ein vorhersehbares Ende. Den Gezeiten und dem Kreislauf von Werden und Vergehen ähnlich, das Leben in einem Gewand des Todes gefangen, der Tod umrankt von Geburt, seien und streben.*

*Was bleibt? Die Ewigkeit in Ewigkeit.*

Ein Hupen riss ihn aus seinen Gedanken. Verärgert blickte er auf, legte ganz automatisch den ersten Gang ein und lenkte den schweren Geländewagen auf die Seite. *Die trauen sich ja was, einen Polizeiwagen anzuhupen*, dachte er, während er den Motor abstellte und den Gurt löste. Sein Blick fiel auf das Kennzeichen des Mercedes. *Ein deutscher Urlauber. Typisch.* Während sich der Wagen an ihm vorbeischlängelte, stieg er aus und schloss die Tür hinter sich. Er brauchte ein paar Minuten für sich. Sein Blick wanderte über die Dünenlandschaft und blieb an einem verrotteten Holzschild haften. Der alte Pfad war immer noch da.

Ein Lächeln umspielte seine Lippen.

***

Als Jan de Vries nach etwas mehr als einer halben Stunde eine letzte Düne erklomm und sich vor ihm das unendliche Blau mit dem Beige des Strandes vermischte, staunte er nicht schlecht, als er auf dem eigentlich weitestgehend leer erwarteten Abschnitt eine riesige Menschenmenge entdeckte, die sich um einen, sogar aus der Entfernung gigantisch anmutenden Fleischberg versammelt hatte. Ein riesiger Schwarm Vögel hing darüber in der Luft wie ein einziges großes Wesen und ließ den Festschmaus nicht aus den Augen. Begleitet wurde die Szenerie von einer gewaltigen Geräuschkulisse aus Keifen, Kreisen und Schreien.

Ein Walkadaver lag, von einer im Wind flatternden, provisorischen Absperrung und unzähligen Schaulustigen umringt am Strand. Der Sturm musste ihn an Land geschwemmt haben. Jan de Vries schätzte die Länge des Kadavers auf circa neunzehn Meter. Das Gewicht musste bei gut dreißig Tonnen liegen. Er war natürlich kein Experte, aber auf Grund seiner vielen Besuche im *Ecomare* und einigen damit verbundenen Studien, traute er sich eine grobe Einschätzung zu. Auch die Art hatte er sofort erkannt.

Noch im Tod und trotz der voranschreitenden Verwesung strahlte der Wal eine Anmut aus, die im Tierreich seinesgleichen suchte.

Der Polizist kniff die Augen zusammen und versuchte, weitere Einzelheiten zu erkennen. Etwas hatte seine Aufmerksamkeit auf sich gezogen. Eine Person stach aus der Menge heraus. Ein großer Mann mit von Wind, Sonne und Klima gegerbtem braunen Gesicht und kurzen grauen Haaren. Der Polizist konnte einen alten Bekannten, Pierre Bonnet, der bereits seit über 25 Jahren als Biologe im Forschungszentrum arbeitete, in seiner typischen roten Windjacke erkennen, während dieser mehreren Fernsehteams bereitwillig Rede und Antwort zu dem toten Finnwal stand. Für das Institut war der Fund eine echte Sensation, für Jan de Vries nur eine weitere Leiche am Strand.

Pierre Bonnet und sein Team mussten nun, genau wie er bei seinen Ermittlungen, schnellstmöglich wichtige Beweise, oder besser gesagt, Informationen sichern, bevor das Tier in Kürze entsorgt werden würde. Es war Eile geboten, die Infektionsgefahr für Mensch und Tier war nicht zu unterschätzen und, war der Anblick auch spektakulär für die schaulustigen Passanten, wirklich schön anzusehen war der Leichnam nicht; ganz zu schweigen von dem ekelerregend ranzig-süßlichen Geruch des verrottenden Fleisches.

Etwas Gutes hatte der tote Wal jedoch: er würde die Presse von seinem Toten ablenken. Der Kommissar wandte sich vom Leichenfundort ab und ließ nachdenklich seinen Blick über die idyllisch rau vor ihm liegende Dünenlandschaft schweifen. Büsche wiegten sich träge im Wind.

Ein Hase hoppelte durch das Gestrüpp und ging ganz in Ruhe seinem Tagewerk nach, nicht ahnend, was sich unweit von hier vor wenigen Stunden abgespielt hatte. *Wie unglaublich gleichgültig das Leben dem Tod doch gegenüberstand,* dachte de Vries und rieb sich über das kantige Kinn, auf dem sich langsam die ersten Bartstoppeln zeigten.

Der Leichenfundort. Wären die Umstände nicht so tragisch gewesen, hätte er schmunzeln müssen. Auch Bonnet musst ermitteln und herausfinden, was dem Opfer zugestoßen war. Beide waren sie Ermittler im Dienste des Todes, bestellt als Anwälte für die Lebenden. Oder war es nicht eher umgekehrt? Manchmal, in dunklen Stunden, war er sich da nicht immer ganz so sicher.

Der *Hoofdinspecteur* atmete mehrmals tief durch und straffte die Schultern. Es war Zeit für den Rückweg, Zeit an die Arbeit zu gehen, Zeit einen Mörder zur Strecke zu bringen ...

***

Als der Kommissar zurück zu seinem Auto kam, ließ er unbewusst den Blick über den zu dieser Zeit immer noch wenig besuchten Parkplatz wandern. Neben ein paar Fahrrädern standen nur wenige Autos auf der geteerten Fläche zwischen den Dünen. Neben einem dunkelblauen Renault Clio parkte ein weißer BMW, daneben stand ein Wohnmobil, dahinter ein weiterer BMW, ein Cabrio.

Die Besitzer hatten wohl ein tiefgreifendes Vertrauen in das Wetter und die Texelaner beziehungsweise die Besucher, denn sie hatten das schwarze Verdeck des grauen Viersitzers offengelassen. Ein gut bestücktes Golfbag lag auf der Rücksitzbank. Innerlich schüttelte der Kommissar den Kopf.

*Und hinterher ist das Geschrei groß, wenn sich jemand an den geliebten Schlägern vergreift,* dachte er, während er die Schlüssel aus der Jackentasche fingerte und die Fernbedingung betätigte.

Aus eigener Erfahrung wusste der Kommissar, dass der *Golfbaan* mit dem netten Namen *De Texelse* ein ganz besonderer Golfplatz mitten in den Dünen mit Wasserpartien und großen Greens war. Er selber hatte dort vor einiger Zeit schon, zwar mehr schlecht als recht, aber mit viel Spaß, mit dem Rechtsmediziner van Helsing ein paar Bälle eingelocht; aber natürlich nur auf Amateurniveau. Für mehr reichte sein Talent nicht. Ihm hatte es trotzdem gefallen.

Echte Golf-Fans verglichen den direkt neben dem riesigen *Vakantiepark* namens *De Krim* gelegenen Platz gern mit einigen der authentischen, auch *links courses* genannten Golfplätze in England und Schottland. Und eben diese legendären *Golfplätze* waren wegen ihrer wundervollen Lage inmitten der Dünengebiete bekannt und außerordentlich beliebt. *De Texelse* stand ihnen in nichts nach. Wer beim Golfen das entfernte Rauschen des Meeres und die pure Natur genießen wollte, war hier genau richtig.

*Was für eine schöner Ort Texel doch war – und nun das ...*

„*Ik red me wel.* Ich schaff' das schon", rief er trotzig in den Wind hinaus, riss sich zusammen, stieg ein, startet den mächtigen, allradangetriebenen Diesel und fuhr in Richtung der Polizeistation davon.

Hinter ihm das Meer, die Dünen und der Tod ...

## KAPITEL 5

Der Traum. Immer der gleiche Albtraum! Der gellende, markerschütternde Schrei von Gerd Janssen. Immer wenn er die Augen schloss, wegdämmerte, versuchte sich in den Schlaf zu flüchten. Ein Traum – kein Traum, auf Wiederholung gestellt. Autoreverse.

Er: ein skrupelloser Mörder. Stundenlang war er ziellos durch die Dünen geirrt, vorbei an unbekümmerten Touristen, die nicht ahnten, dass der Mann, dem sie soeben begegnet waren, buchstäblich und im wahrsten Sinne des Wortes Blut an seinen Händen hatte. In seinem Traum verwandelte sich die Landschaft von einem wunderschönen, natürlichen Urlaubsidyll zu einer dunklen, von Dämonen, Mördern und Kinderschändern, Menschen seines Gleichen, bevölkerten Welt.

*Weg, nur weg von der Leiche.* Er würde den schrecklichen Anblick nie vergessen. Natürlich nicht. Das Blut, das Entsetzen, gepaart mit einer Spur von irritierter Ungläubigkeit in den Augen von Gerd Janssen, bevor der zusammenbrach, in die Knie ging, umfiel, starb. Das Röcheln. Das Geräusch des berstenden Schädels als der Holzpflock ihn traf und der Nagel den Knochen durchschlug. Das Blut. Unmengen von ehemals lebenspendendem Rot.

Er hätte niemals gedacht, woher auch, dass ein Mensch so viel Blut in so kurzer Zeit verlieren könnte. War es zunächst nur träge und zäh hervorgesickert, brach es sich plötzlich Bahn und spritzte schließlich pulsierend, wie aus einem defekten Gartenschlauch, aus der Wunde.

Der gleiche Traum – immer wieder und wieder und wieder und ...

Ungläubig, unfähig sich zu bewegen, erstarrt in blanken Entsetzen, hatte er auf den langsam sterbenden Gerd Janssen herabgeblickt. Gefühlt hatte er nichts. Weder Angst, noch Reue - und schon gar keine Befriedigung oder Genugtuung. Und doch war es was es ist. Der Tod. Ein Mord. Das Ende. Vielleicht sogar Gerechtigkeit. Hätte er ihm helfen können? Vielleicht? Hatte er ihm helfen wollen? Eher nicht ...

Düstere Wolken verfinsterten das Vergangene. Der Schrei einer einsamen Möwe ... eines Raben? Zweifel, Unklarheiten verzerrten die Erinnerung, wollten seinen Verstand in die Irre führen, das Gesehene verwässern – zu seinem Schutz; ihn vor dem Wahnsinn bewahren.

Blut. Rot. Schwarz. Tod. Wolken. Nebenschwaden voller Schuld zogen in seinem Traum über den Strand. Noch bevor sein Opfer seinen letzten Atemzug getan hatte, das Leben komplett aus dem am Boden liegenden Mann herausgeflossen war, war er kopflos davongestürmt.

Wohin? Er wusste es nicht mehr. Das Nichts lähmte seinen Verstand. Menschen würden kommen, um ihn zu richten ... um Gerechtigkeit walten zu lassen. Wenn sie kamen, würden sie Gerd Janssen finden, ihn finden ... wenn er nicht für immer verschwand, sich und die Tat für immer aus der Zeit, aus der realen Welt verbannte.

Zum Glück schien ihn niemand gesehen zu haben. Er versuchte einen klaren Gedanken zu fassen, doch der Schock ob der unvermeidlichen Erkenntnis, die langsam in sein Bewusstsein gesickert war, macht es ihm unmöglich: *Ich habe einen Menschen getötet. Ich habe einen Menschen getötet,* kreiste die entsetzliche Tatsache durch seinen Kopf, wiederholte sich, wie eine niemals enden wollendes Mantra des Todes. Ein Albtraumkarussell in Rot und Schwarz.

Der Tote, die Lebenden, sie riefen nach ihm. Als er ihre Rufe vernahm war er schließlich geflüchtet. In Sicherheit. Sein Ziel: sein Zuhause; weg, nur fort von Tod und Verderben.

Er rannte und rannte, immer tiefer in die in seinem Traum nun von unheilversprechenden Nebel-schwaden durchzogene Dünenlandschaft hinein, fort von diesem verfluchten Ort, ... dem Ort an dem er Gerd Janssen das Leben genommen hatte, zu einem Mörder geworden war und seine Seele für immer dem Bösen verschrieben hatte ...

## KAPITEL 6

Dr. van Helsing der zuständige Rechtsmediziner schloss vorsichtig die Tür hinter der er soeben die Leiche des unbekannten Toten hervorgeholt hatte und bugsierte die Bare an unzähligen weiteren Türen vorbei, in Richtung des großen, in kaltes Licht getauchten Obduktionssaals des Rechtsmedizinischen Instituts, dem Institut für *forensische of gerechtelijke geneeskunde,* von *Den Helder.*

Im Gegensatz zu den vielerorts üblichen, etwa einen mal einen Meter messenden Kühlfächern mit den obligatorischen Edelstahlluken davor, die in den meisten anderen Sektionsräumen installiert waren, brachte man hier die Toten in Kühlkammern, hinter handelsüblich wirkenden Türen unter.

Es war heute der dritte Tote, den er zu begutachten hatte. Eigentlich hatte er bereits seit einer guten Stunde Feierabend. Die Dringlichkeit des Falles und die unmittelbare Anweisung des Polizeichefs, hatte ihn jedoch seinen geplanten *Blokarten*-Kurs absagen lassen und dafür gesorgt, dass er sich nun um den ermordeten Touristen kümmern würde.

Aber er hatte Glück im Unglück. Es würde nicht allzu lange dauern, stand die Todesursache doch bereits fest. Nichtsdestotrotz gab es Vorschriften, ein vorgeschriebenes Prozedere, das es zu befolgen beziehungsweise abzuarbeiten galt. Trotzdem wäre er jetzt viel lieber draußen am Strand gewesen und mit seinem nagelneuen Strandsegler am Meer entlang gerast. Aber das musste warten. Jan de Vries brauchte Ergebnisse.

Die beiden waren seit Langem gut befreundet, waren mehr als nur Kollegen. Vielleicht nicht beste Freunde, aber sie standen sich nahe. Verband sie doch die Liebe zum Meer und die Faszination für das Verbrechen.

Van Helsing hatte mitbekommen, wie der Kollege vor einigen Stunden alarmiert worden war. Sie hatten gerade über einen anderen Fall gesprochen, als der Anruf kam. Ihm war sofort klar gewesen, dass hier Arbeit und einige Überstunden auf ihn warten würden.

„Schädeltrauma ...“, es folgte eine kurze Pause, während der Rechtsmediziner den Schädel des Opfers näher untersuchte. Dann sprang das sprachgesteuerte Diktiergerät wieder an, als er mit einen Ausführungen fortfuhr: „der Tod trat als unmittelbare Folge eines Schlages mit einem Holzpflock auf den Kopf ein. Das alleine hätte sehr wahrscheinlich aber nicht zum Tode geführt. Ursächlich für das Ableben des Opfers war das gewaltsame Eindringen – er nahm ein Maßband zur Hilfe, das neben dem aus Edelstahl bestehenden Obduktionstisch auf einer Anrichte lag – eines acht Zentimeter langen Nagels in die linke Schläfe, der aus dem Pflock ragte.“

Eine kurze Pause folgte. Dann: „Das lässt sehr wahrscheinlich auf einen Rechtshänder als Täter deuten." Die Aufnahme stoppte automatisch, als er einen längeren Moment schwieg, um die Wunde am Kopf des Toten näher zu untersuchen.

Ein Bibelvers kam ihm in den Sinn: *Da nahm Jael, das Weib Hebers, einen Nagel von der Hütte und einen Hammer in ihre Hand und ging leise zu ihm hinein und schlug ihm den Nagel durch seine Schläfe, dass er in die Erde drang. Er aber war entschlummert, ward ohnmächtig und starb.*

Nachdem er sich ausführlichem dem Gehirn des Toten gewidmet hatte, würde er sich in Kürze dem Holzpflock widmen, ihn auf Fingerabdrücke und mögliche DNA-Spuren untersuchen. Sein Assistent, ein bleichgesichtiger junger Mann, der auf Grund seiner Optik und seines schleppenden Ganges, ganz einem morbiden Klischee folgend, auch als Totengräber aus einem alten Edgar Wallace-Film hätte durchgehen können, sollte in Kürze alles in dem sich im Nebenraum befindenden Labor vorbereitet haben.

Normalerweise zählte das Untersuchen von Beweisen oder der Tatwaffe nicht unbedingt zu den Aufgaben eines Rechtsmediziners. Doch in diesem, seinem Fall, lag die Sache anders.

Erstens war hier, noch mehr als sonst, die Zeit ein wichtiger Faktor für den Erfolg der Ermittlungen und zweitens trafen in *Den Helder*, in Person des Rechtsmediziners, Möglichkeit und Motiv versus Möglichkeit und Fähigkeit aufeinander. Jan van Helsing, eigentlich hätte es korrekterweise Dr. Dr.

van Helsing heißen müssen, hatte nämlich nicht nur auf dem Gebiet der Rechtsmedizin promoviert, er hatte seinen zweiten Doktortitel im Bereich der forensischen Wissenschaften erworben. Aktuell, also wenn er nicht gerade mit einem *Blokarten* am Strand entlang sauste oder die Todesursache eines Verstorbenen ermittelte, arbeitete er an seinem dritten Doktortitel. Diesmal auf dem Gebiet der forensischen Psychologie, eine weitere Passion des mit dem berühmten Namen des wohl bekanntesten Vampirjägers der Geschichte geschlagenen Wissenschaftlers.

Er hatte sich über die Jahre quasi von außen nach innen *vorgearbeitet*. Hatten ihn zunächst vorrangig die äußeren Aspekte eines Todesfalles oder Mordes interessiert, richtete sich sein Interesse seit einiger Zeit immer mehr auf das Warum, die Motivation des Täters oder der Täterin. Gab es das wahre Böse oder trieben Prägung, die Umwelt oder körperliche Defekte einen Menschen dazu, zu töten?

Fragen, die er versuchte, mit Hilfe der Wissenschaft zu beantworten. Die Wurzeln für dieses fast schon manische Interesse am Tod lagen tief in seiner Kindheit begründet. Sein Vater war auf gewaltsame Weise ums Leben gekommen. Ein scheinbar geistesgestörter Mann hatte ihn, den berühmten und beliebten Politiker auf offener Straße mit einem Messer angegriffen und tödlich verletzt. Van Helsing hatte als junger Mann alles mit angesehen ... mit ansehen müssen, hatte hilflos dabeigestanden und erleben müssen, wie das Leben Tropfen für Tropfen aus seinem Körper herausgelaufen, aus den Augen seines Vaters gewichen und schließlich ganz verschwunden war. Damals hatte er sich geschworen, herauszufinden warum der Täter seine Tat begangen, was dazu geführt hatte. Das war ihm bis heute jedoch versagt geblieben. Noch bevor es zu einer Verhandlung gekommen war, hatte sich der Täter in seiner Zelle erhängt. Das Warum würde für immer ein Geheimnis bleiben …

Der Holzpflock. DNA. Fingerabdrücke. Nachdem er die Leiche ausführlich untersucht hatte, widmete er sich nun ausführlich dem Tatwerkzeug. Was konnte ihm dieses Stück Holz, gegerbt und ausgeblichen von den Gezeiten, Wind und Wetter, über den oder die Täterin verraten? Seine Gedanken schweiften für einen kurzen Moment ab. Er erinnerte sich an einen Fall aus dem vergangen Jahr, bei dem die DNA einen erheblichen Beitrag zur Lösung geleistet hatte. Oder war es das Jahr davor …? Er hielt kurz inne, runzelte die Stirn und kratzte sich gedankenverloren mit dem Griff des Skalpells am Ohr.

Ja. Es war im vergangen Jahr gewesen. Durch einen ungewöhnlichen DNA-Massentest konnte die Polizei einen Mord, der vor fünfundzwanzig Jahren stattgefunden hatte, aufklären.

Damals war Milica Doorn, ein gerade mal neunzehnjähriges Mädchen, nach einer Geburtstagsfeier plötzlich verschwunden und kurz danach in *Zaandam* bei *Amsterdam* ermordet aufgefunden worden. DNA-Spuren konnten sichergestellt werden, es gab Verdächtige, aber mangels stichhaltiger Beweise konnte zunächst kein Täter ermittelt werden – bis es durch ein Gesetz aus dem Jahr 2012 dann möglich wurde, einen freiwilligen DNA-Massentest durchzuführen.

Einhundertdreißig Männer, die 1992 in *Zaandam* gelebt hatten, hatten eine DNA-Proben abgegeben und die Polizei hatte tatsächlich einen Volltreffer gelandet. Eine der Proben konnte mit der des Täter in Verbindung gebracht werden. Van Helsing war damals an den Ermittlungen beteiligt gewesen. Nach über fünfundzwanzig Jahren hatte die Wissenschaft einen Mörder überführt.

Möglicherweise würde sie auch in diesem Fall ihren Beitrag leisten können.

Er würde auf jeden Fall alles dafür tun, *alles uit de kast halen.*

***

Sein Handy brummte und hüpfte vibrierend ein paar Zentimeter über den Tisch. Er erschrak. Er war so sehr in seine Recherchen vertieft gewesen, dass er gar nicht gemerkt hatte, dass es mittlerweile schon angefangen hatte zu dämmern. Er kniff die Augen zusammen, rieb sich über das Gesicht und streckte sich im Stuhl. Einer seiner Nackenwirbel knackte bedenklich, während er zurück an seinen Platz flutschte. Dann griff er nach seinem Mobiltelefon und gab den Code zum Entsperren des Gerätes ein. Eine Kurznachricht erschien auf dem Display, daneben das winzige Bild einer sehr attraktiven Frau.

*Huhu Jan, ich bin soeben wieder nach Hause gekommen. Ich war bei meiner Verlegerin in Bremen. Wenn es für dich nicht zu spät ist, würde ich mich freuen, wenn du noch auf ein Bier bei uns reinschneien würdest. Scheila und ich würden uns freuen. Liefde groeten, Annie.*

Er musste lächeln. Sein Schwesterherz hatte auf seine Nachricht vom Morgen geantwortet. Der Kommissar blickte auf die Uhr. Es war noch nicht zu spät. Schon gar nicht für einen Besuch bei seiner geliebten Schwester und ein leckeres Inselbier zum wohlverdienten Feierabend.

*Bin schon unterwegs,* tippte er knapp, schnappte sich seine Jacke von der Rückenlehne seines Bürostuhls und klappte das Laptop zu. Hätte er nur etwas genauer hingeschaut, wäre ihm die vor wenigen Sekunden eingetrudelte E-Mail nicht entgangen, und damit eine sehr wichtige Information nicht in den digitalen Tiefen seines Computers verborgen geblieben …

***

„Ich arbeite gerade an einem neuen Roman", sagte Annie, während sie eine Flasche *Skuumkoppe,* das spezielle Weizenbier, das hier auf der Insel hergestellt wurde, aus dem Kühlschrank nahm, die Tür schloss und hinüber zu einem alten Küchenschrank ging, um einen Flaschenöffner aus einer chaotisch überfüllten Schublade zu fischen. Jan de Vries folgte seiner Schwester mit den Augen, ein schelmisches Grinsen auf den Lippen. Er liebte dieses Bier.

„Lass mich raten. Hmmh ...", er legte den Zeigefinger über die Lippen und verdrehte dabei übertrieben nachdenklich die Augen. „Es wird Küstenschnullibuh heißen?" Er spielte damit auf ihre überaus erfolgreiche Romanreihe an, die immer mit dem unvermeidlichen Wort „Küste" im Titel anfing. Das Buch mit dem Titel *Küstenprinz* war, soweit er wusste, ihr bisher erfolgreichstes, ein echter Bestseller, gewesen. Er grinste breit.

„Sehr witzig, Herr Kommissar." Seine Schwester kam zu ihm hinüber, knuffte ihm spielerisch mit dem Ellenbogen in die Rippen, reichte ihm das Bier und ein Glas und lümmelte sich auf das übergroße Sofa vor dem Kamin. Sie wusste, dass er sie nur aufzog.

Er konnte es einfach nicht lassen. Insgeheim war er stolz auf seine Schwester, auch wenn die Bücher, die sie schrieb, absolut nicht sein Geschmack waren. Er bevorzugte, wenn überhaupt, eine etwas härtere Kost. Bei ihm standen Chris Carter, Florian Gerlach oder Cody McFayden auf dem Programm.

In der Regel las er aber nur sehr selten zum Vergnügen. Meist fanden nur Sachbücher über

Forensik, Psychologie oder Etymologie den Weg auf seinen Nachttisch.

Nachdem er sich eingeschenkt hatte, hob er sogleich das Glas an die Lippen und nahm einen kräftigen Schluck. Ein gelblichweißer Bierbart erschien auf seiner Oberlippe. Es schmeckte herrlich. Das auf Texel gebraute Bier war für ihn der geschmackliche Inbegriff von Heimat, dem höchstens eine ordentliche Portion *appeltaart met slagroom*, der traditionellen Apfeltorte mit Schlagsahne, nahekam.

***

„Mord und Todschlag. Und jetzt sogar hier auf Texel. Die Welt ist echt ein schrecklicher Ort geworden. Es wird alles immer schlimmer und schlimmer."

„Du wirst es wahrscheinlich nicht glauben, aber die Wahrheit sieht genau anders herum aus. Es gibt bei uns in Wirklichkeit nicht einmal mehr genug Straftäter, um alle unsere Gefängnisse zu füllen. Aktuell schließen wir sogar gerade diverse Haftanstalten."

Annie de Vries sah ihren Bruder mit gerunzelter Stirn an und nahm dann einen Schluck von ihrem Wein. „Wirklich? Wenn ich die Nachrichten schaue, kommt mir das irgendwie anders vor. Irgendwie scheinen Gewalt, Kriege, Überfälle und das organisierte Verbrechen überall auf dem Vormarsch zu sein."

Der Kommissar schüttelte den Kopf. „Genau das Gegenteil ist der Fall. Anders als zum Beispiel in Deutschland, haben wir es hier geschafft, unsere Verbrechensrate in den vergangenen Jahren kontinuierlich zu senken. Und", er hob mahnend den Zeigefinger und wackelte damit in der Luft herum, „sie wird nach aktuellen Schätzungen auch in Zukunft um circa ein Prozent pro Jahr zurückgehen."

Annie musste grinsen. Nun war ihr Bruder mal wieder voll in seinem Element. War er auch sonst kein Freund vieler Worte, liebte er es doch, im kleinen Kreis oder auf Familientreffen über das so erfolgreiche Rechtssystem der Niederlande zu dozieren.

Sie wollte etwas entgegnen, doch ohne Luft zu holen und seiner Schwester die Chance für einen Einwurf zu lassen, fuhr er fort: „Laut unserem Justizministerium wird sich das in den kommenden Jahren sehr wahrscheinlich wohl auch nicht ändern. Wusstest du, dass aktuell rund 17 Millionen Menschen in den Niederlanden leben und davon nur knapp 11.500 im Gefängnis sitzen? In Deutschland sind aktuell etwa 65.000 Menschen in Haft." Er hob stolz die Augenbrauen. „Mit anderen Worten: Es ist einfach zu", er machte eine kurze Pause und malte trotz seiner Bierflasche und dem Glas in den Händen Gänsefüßchen in die Luft, „beziehungsweise sehr, sicher in diesem Land." Er setzte das Glas an und nahm einen großen Schluck. Dann füllte er den Rest aus der Flasche nach und stellte sie neben sich auf die alte mit unzähligen Bilderrahmen vollgestellte Kommode.

„*Lijkt me een goed idee,*" antwortete Annie zur Abwechslung einmal auf niederländisch, „doch nichtsdestotrotz hast du einen Mörder auf unserer Insel, der aktuell noch frei herumläuft." Er nickte stumm und unterdrückte ein Rülpsen indem er seinen Handrücken vor den Mund hielt und die überflüssige Luft leise daran vorbei entweichen ließ.

„Wohl eher ein Totschläger. Ein Mörder im klassischen Sinn, das glaube ich nicht. Das Ganze sieht mir nicht nach einer geplanten, sondern eher nach einer Tat im Affekt aus. Aber natürlich hast du Recht. Da draußen läuft jemand herum, der getötet hat und hinter Gitter gehört." Er ließ die Schultern hängen.

„Habt ihr schon einen Plan oder eine Spur?"

„Nein! Wir kommen einfach nicht weiter ... alles scheint wie im Nebel. Kaum meint man etwas greifen zu können, entfernt es sich wieder aus meinen Gedanken, als würde die Ebbe es hinaus aufs Meer ziehen, um es vor unserem Zugriff zu verbergen." Seine Schwester musste grinsen. Das war typisch für ihn. Geduld war noch nie eine seiner Stärken gewesen.

„Das hört sich ja dramatisch an. Mein Gott Jan, beruhig dich mal, komm wieder runter", Annie war aufgestanden und wuschelte ihrem Bruder liebevoll mit der Hand durch sein stacheliges

Haar, während sie an ihm vorbeiging, um noch ein Bier aus dem Kühlschrank zu holen und sich noch etwas Wein nachzuschenken.

„Wie lange bist du an dem Fall dran? Seit heute? Gestern? Was erwartest du denn? Dass dir der Mörder auf dem Silbertablett präsentiert wird? Mit Vornamen, Nachnamen, Geschlecht, Geburtsdatum, vollständiger Anschrift, Personenbeschreibung und Telefonnummer?"

Ihr Bruder schwieg, leerte sein Glas mit einem großen letzten Zug und stellte es frustriert auf dem Fenstersims ab. Annie öffnete den Kühlschrank und fingerte darin herum. Kurz danach flog ein kleines Stück Käse durch die Luft, das Scheila mit einem geschickten Sprung in der Luft mit der Schnauze auffing und dann genüsslich schmatzend, wieder in ihrem Körbchen verschwand.

„Ich weiß, es ist etwas ganz anderes, aber ich habe neulich fast zwei Wochen an den letzten Zeilen eines Romans gesessen und kam einfach nicht weiter. Sendepause – Stillstand. Schreibblockade light. Manchmal muss man einfach Geduld haben, erst recht, wenn man gerade mal vierundzwanzig Stunden mit etwas beschäftigt ist."

Sie schloss die Kühlschranktür, reichte ihm ein neues Bier und zwinkerte ihm zu. Er nahm es dankend an und quittierte ihren Vortrag mit einem Lächeln. Seine große Schwester. Wieder einmal hatte sie ihm mit einem ihrer berühmt berüchtigten Vorträge die ganze Welt wieder zurechtgerückt. Doch irgendwie erreichten ihn ihre Worte nicht wirklich, zumindest nicht sein Inneres. Er konnte nicht aus seiner Haut. Er hatte eine Leiche und einen Mörder. Er stand gewaltig unter Druck. Bald würden in vielen Ländern die Herbstferien anfangen und *Texel* touristenmäßig seinen zweiten Sommer bekommen. Da durfte Nichts das heile Inselidyll stören. Ein Mord schon gar nicht. Seine Gedanken verhedderten sich erneut in einem Karussell des Todes.

„Besser?"

Jan de Vries schüttelte langsam den Kopf. Seine Miene verfinsterte sich noch ein Stück mehr. „Nein," presste er nur knapp zwischen den Lippen hervor und setzte sich dann auf die seitliche Lehne des Sofas, auf dem seine Schwester mit untergeschlagenen Beinen saß, und rieb sich mit der Linken über das Gesicht. „Ich habe das Gefühl oder besser gesagt Sorge, dass uns der Kerl, wir vermuten zumindest, dass es sich um einen Täter handelt, durch die Lappen geht. Mit jeder Stunde steigt die Gefahr, dass er von der Insel verschwindet. Vielleicht hat sich das *Viezerik* sogar schon verdünnisiert."

„Verstehe!" Natürlich war es möglich, dass das Dreckschwein, bereits von der Insel geflohen war. Ihn dann noch zu erwischen, konnte schwierig, wenn nicht gar unmöglich werden. Seine Sorge war gut nachvollziehbar, die Zeit arbeitete gegen ihn und sein Team. Annie trank einen Schluck Wein. Gegen seine Probleme war eine Schreibblockade wirklich kein sonderlich ernstzunehmendes Problem.

*Er sieht müde aus,* dachte die Schriftstellerin, während sie ihn musterte. *Wie sehen deine Träume aus, Bruderherz? Was kann ein Mensch ertragen,* fragte sie sich in Gedanken während sie zu ihm herüberrutschte und ihn in den Arm nahm.

Nach einer Weile rappelte sie sich hoch, ging zu einer alten Kommode hinüber und öffnete die untere rechte Tür. „Da hilft nur eins", sagte sie und hielt plötzlich in der Linken eine schwarze Flasche mit weißer Aufschrift, eine Flasche des berühmten, hier auf der Insel produzierten Gins namens *TX Gin*. Jan de Vries´ Miene heiterte sich augenblicklich auf. Ebenso wie das Texels Bier liebte er den würzig-weichen Gin mit seinen inseltypischen und charakteristischen Aromen von Sanddorn und Holunder.

„Wie du sicher weißt, lieber Bruder", dozierte sie und schraubte dabei die Flasche auf, „wurden Holundersträucher früher immer in der Nähe von Bauernhöfen gepflanzt, um böse Geister abzuwehren. Vielleicht hilft dieser hier ja auch bei deinen Dämonen ...", sagte sie und hatte bereits eingeschenkt, noch ehe ihr Bruder etwas entgegnen konnte.

## KAPITEL 7

Ein markerschütternder Schrei zerriss das Tosen. Theo van Duivenbode wurde verfolgt. Er flüchtete, taumelte, stürzte. Und rappelte sich immer wieder auf. Versuchte es zumindest.

Zum wiederholten Male kam der *Wijkagent* unsicher wieder auf die Beine und starrte mit zusammengekniffenen Augen in die Finsternis. Sturm toste. Eiskalter Regen trieb vom Meer her über den Strand. Nebelschwaden jagten über das Gestade. Vereinzelt zuckten Blitze über den zerfurchten, wolkenverhangenen Nachthimmel. Schwarze Vögel, Boten des Todes kreisten über der Szenerie.

Angst. Abgrundtiefe Furcht durchflutete seinen Körper, lähmte ihn, brachte seinen Körper zum Erzittern. Sein Herz klopfte, das Blut in seinen Adern pulsierte im Takt des Sturms.

Eine Person, nicht viel mehr als ein unheilvoller, unscharfer Schatten, taumelte mit ausgestreckten Armen, einem Zombie gleich, auf ihn zu, griff nach ihm. Blut, von Regen und Gischt verdünnt, rann ihm die linke Schläfe, über die bleiche Wangen, hinab zum Kinn, wo es zunächst den Kragen eines zerschlissenen weißen Hemdes rot färbte und schließlich den ganzen Oberkörper. Der Tod verfolgte ihn, war bereit, ihn zu sich zu holen.

Etwas zerrte an ihm. Der Wind oder eine andere überirdische Macht. Der Tod. Eiskalte Finger gruben sich in sein Fleisch, griffen nach ihm – und seiner Seele. Er versuchte sich zu wehren. Kämpfte. Kämpfte – und betete:

*Onze Vader, die in de hemelen zijt,*
*geheiligd zij uw naam,*
*uw rijk kome.*
*Uw wil geschiede,*
*op aarde als in de hemel.*
*Geef ons heden ons dagelijkse brood.*

Doch es war zwecklos. Alle seine Verteidigungsversuche blieben ohne Erfolg. Seinen trägen Schlägen fehlte jede Durchschlagskraft. Er verlor – sich. Seine Kräfte begannen zu erlahmen. Kälte. Eine neue, noch mächtigere Welle Furcht drohte ihn hinwegzuspülen. Immer tiefer gruben sich die Finger der geisterhaften Gestalt in sein Fleisch, zerrten ihn mit sich. Hinab in die Dunkelheit. Verzweiflung. Angst. Endlichkeit. Unendlichkeit. Die Hölle ...

Theo van Duivenbode konnte, nein, wollte nicht mehr. Seine Gegenwehr erlosch gänzlich, zu übermächtig war sein Gegner. Hier waren Mächte im Spiel, die größer waren als er. Ein wenig Trost spendet nur das Gebet – im Angesicht des Todes – jedoch machtlos und lediglich ein letzter verzweifelter Akt dem unvermeidlichen Ende vielleicht doch noch zu entgehen:

*En vergeef ons onze schulden,*
*gelijk ook wij vergeven aan onze schuldenaren.*

*En leid ons niet in bekoring,*
*maar verlos ons van het kwade.*

Doch tief in sich drin, wusste er, dass es kein Entkommen für ihn gab, ihn den Sohn eines Fischers, ein Inselgeborener.

Er kannte die uralte, immerwährende Wahrheit. Wenn jemand am Strand ums Leben kam, gleichgültig ob ermordet und eines natürlichen Todes gestorben, würde sich über kurz oder lang das Meer seiner Seele bemächtigten. Die Seele eines Insulaners, war lediglich geliehen, um für eine kurze Lebensspanne auf dem Eiland zu wandern, verurteilt dazu, zurück in die Fluten zurückzukehren, wenn es an der Zeit war.

So stand es in den uralten Sagen geschrieben, so lautete das Gesetz des Meeres. Das war der Preis, den ein Inselgeborener zu zahlen hatte, den nun auch Theo van Duivenbode zu zahlen hatte. Seine letzten Worte ...

*Want van U is het Koningrijk*
*en de kracht*
*en de heerlijkheid*
*in eeuwigheid.*

***Amen!***

Das Rauschen der Wellen. Der Sturm. Die Vögel. Der Bote des Todes. Das Ende. Der Polizist war so weit, war nun endlich bereit zu gehen.

Schicksalsergeben breitet er die Arme aus, um sich dem Tode hinzugeben, ein uraltes Versprechen einzulösen ...

Von Ferne: Eine Stimme rief seinen Namen. Sie war kaum zu vernehmen, drohte vom Sturm und den unbändigen Naturgewalten davongerissen zu werden. Dann, plötzlich: Flaute. Für einen kurzen Moment schien die Zeit um ihn herum stillzustehen, gleich so als ob jemand die Pause-Taste gedrückt und die Welt angehalten hätte. Der Wind ebbte abrupt ab, der Regen verharrte wie eingefrorenen am Himmel, funkelnd zu einer schweigenden Tatenlosigkeit verdammt.

„*Theo.*" Wieder diese Stimme. Warm und voller Liebe. „*Theo.*"

Er kannte diese Stimme. Hallend geisterte sie durch seinen Kopf. Wie ein Licht im Dunkeln. Ein Leuchtturm in sturmumtoster Nacht. Sein Leuchtturm. Er versuchte sich zu erinnern, sie festzuhalten. Doch immer wieder entzog sie sich seinem Zugriff, schien der Sturm und der Tod die Oberhand behalten zu können, als ob jemand die Vorspultaste auf einer Fernbedienung gedrückt hätte, brach das Chaos erneut über ihm zusammen.

Sturm, Regen, Tosen. Tod!

Er wollte nach dem Licht greifen, doch es begann nun immer schneller zu verblassen, wurde von den Naturgewalten davongerissen, als es ihn plötzlich traf, als wäre ein Blitz eingeschlagen und ihn jemand anschrie:

*„Theo! Verdammt nochmal, wach endlich auf!“*

## KAPITEL 8

„Mein Gott, van Duivenbode, wie siehst du denn aus?“

Der *Wijkagent* zuckte entschuldigend mit den Achseln und blickte beschämt zu Boden.

„Schlecht geschlafen.“

Jan de Vries runzelte die Stirn und sah ihn nachdenklich an. Wortlos reichte er ihm eine Tasse mit dampfendem Kaffee, die der Kollege mit einem Kopfnicken dankbar annahm.

De Vries kannte diesen Gesichtsausdruck – aus dem eigenen Spiegel. Er hoffte, er würde für den sympathischen Inselpolizisten nicht zum täglichen Programm werden ... Mit etwas Glück würde es eine kurze Episode, ein vorübergehendes Tief im Leben von Theo van Duivenbode bleiben.

***

Sie hatten Glück, der Tag, so schlecht er für die beiden niederländischen Ermittler auch angefangen hatte, hatte sich dann doch noch sehr schnell zum Positiven gewendet.

Die Albträume des *Wijkagenten* verschwanden genau so schnell wie der Kopfschmerz seines Vorgesetzten. Dem ersten Glas Gin waren weitere gefolgt, die Nacht war lang geworden. Seine Schwester und er hatten sich wie immer viel zu erzählen gehabt. Gott sei Dank auch genügend, das nicht mit seiner Arbeit zu tun hatte. Zum Abschluss des Abends musste er sich, ganz zu seinem Leidwesen, noch zwei Kapitel ihres neuen Buches anhören. Insgeheim musste er zugeben, dass er ihr „Schnullibu" diesmal nicht ganz so schlimm fand.

Möglicherweise waren daran aber auch die weiteren Biere, die den ersten beiden gefolgt waren, und die insgesamt vier Gläser Gin nicht ganz unschuldig gewesen.

Als er im Morgengrauen auf dem Sofa seiner Schwester erwacht war, hatte er das Gefühl jemand würde seinen Schädel mit einem Eispickel bearbeiten. Das war die unangenehme Seite von Texels alkoholischen Spezialitäten. Sie hatten richtig Dampf – und am nächsten Morgen zahlte man die Zeche, wenn man es übertrieben hatte. Eigentlich hätte er noch gar nicht fahren dürfen, schwer war der Kopf, müde die Glieder. Doch nach einem kurzen Besuch in seinem Zimmer, im *Grand Hotel Opduin* in *De Koog*, und einer kurzen Dusche fühlte er sich schnell wieder wie neu geboren.

Als er dann gegen halb sieben im Polizeirevier ankam und seine E-Mails gecheckt hatte, hatten sie nicht nur den Obduktionsbericht von Jan van Helsing, sondern auch einen Namen.

Gerd Janssen lautete der Name des Toten. Neben dem klassischen Weg hatte Theo van Duivenbode das Foto des Toten am vorangegangen Tag auch über den E-Mail-

Verteiler der Polizei an alle Hotels und Pensionen auf der Insel versendet. Eines hatte geantwortet.

„Van Duivenbode. Komm mal rüber. Vielleicht kann ich dich mit einer guten Nachricht etwas aufmuntern.“ Der Wijkagent kam herüber, noch immer die Kaffeetasse in der Hand. Der Kommissar schlug ihm, ein breites Grinsen auf dem Gesicht mit seiner Rechten auf die Schulter, zog ihn mit der Linken zu seinem Laptop hinüber und pflanzte den Ermittler mit sanftem Druck auf seinen Bürostuhl vor den Monitor.

Eine E-Mail mit nur drei kurzen Sätzen im oberen Bereich über einem knappen Adressfeld, darunter das Foto des Toten, prangte auf dem Bildschirm:

*Gerd Janssen. Er wohnt bei uns. Was ist denn passiert?*

*Met vriendelijke groeten*

Fletcher Hotel De Cooghen
Dorpstraat 10
1796 BB De Koog
www.hotelcooghen.nl

Auch was die schriftliche Kommunikation betraf, waren die Insulaner wohl eher wortkarg.

Van Duivenbodes Miene hellte ich augenblicklich auf. Er blickte zu seinem Vorgesetzten hinauf und lächelte.

„*Goed gedaan!*“, sagte der Kommissar und klopfte dem *Wijkagenten* so heftig auf die Schulter, dass dem beinahe der Kaffeebecher aus der Hand gefallen wäre. Dann fügte er hinzu:

„Du fährst in das Hotel und guckst dir das Zimmer an. Okay? Ich werde online versuchen, etwas über unseren Toten herauszufinden.“ Der Kommissar sah seinen Kollegen mit hochgezogenen Augenbrauen aufmunternd an. Van Duivenbode zögerte keine Sekunde. Er sprang auf und ging schnellen Schrittes in Richtung der Tür, die zum Parkplatz hinter dem Polizeirevier führte, wo er vor wenigen Minuten seinen Dienstwagen geparkt hatte.

Jan de Vries blickte ihm nachdenklich hinterher. *Hoffentlich zieht ihm der Fall nicht den Boden unter den Füßen weg.* Er machte sich Sorgen. Selbst die beste Ausbildung konnte niemanden auf den Tod, die Auswirkungen eines gewaltsamen Todes im realen Leben vorbereiten. Er rieb sich mit der Hand über den Mund und quetschte mit dem Daumen und dem Zeigefinger nachdenklich seine Oberlippe zusammen. Er hoffte, dass der *Wijkagent* stark genug war.

Das Vorgehen, ihm den Vorzug zu geben und den Polizisten das Zimmer zuerst untersuchen zu lassen, war für Jan de Vries durchaus nicht üblich. Normalerweise hätte er sich lieber selber einen Überblick verschafft und das Hotelzimmer untersucht, doch er wollte seinem Kollegen dessen Erfolg auskosten lassen, ihm Anerkennung zollen und ihn etwas ablenken.

De Vries wusste aus leidvoller Erfahrung, dass in einem solchen Moment Arbeit das beste Mittel war, um die Schrecken der Nacht und die dunklen Gedanken zu vertreiben – bis zur nächsten Nacht zumindest.

„*Laat ze een poepie ruiken!* Und, falls du etwas Ungewöhnliches oder Wichtiges entdeckst, melde dich umgehend", rief Jan de Vries ihm hinterher und wackelte mit dem Handy in der Hand in seine Richtung. Doch der Polizist hörte schon gar nicht mehr zu.

*Keine Antwort ist auch eine Antwort,* dachte er und wandte sich wieder seinem Computer zu. Nur der Name würde sie natürlich nicht weiterbringen. Er fing an zu tippen. Eine Umfeld- und Internetrecherche, speziell auch in Sozialen Netzwerken, gehörte bei jeder normalen Untersuchung mittlerweile genauso selbstverständlich zu einer Ermittlung dazu, wie eine direkte Zeugenbefragung oder eine Befragung der Nachbarn, wenn sich ein Mord oder ein anderes Verbrechen irgendwo ereignet hatte.

Und Jan de Vries war ein echter Profi, ja fast schon ein waschechter Nerd, wenn es um das Internet, Programme, Datenbanken und den Cyber-Space ging. Seine riesigen Hände und Finger ließen nicht vermuten, dass sie so schnell über die Tasten eines Keyboards fliegen konnten. Doch es war so. Er konnte mit seinen Händen

Finger brechen, aber auch tippen wie es sich so manche Sekretärin wünschen würde.

Ein weiteres Steckenpferd des Ermittlers: Namen. Die Etymologie.

Gerd Janssen. Obwohl, es sich um einen ursprünglich niederländischen und flämischen Nachnamen, der in Frankreich auch als Vorname gebraucht wird, handelte, tippte er auf einen Deutschen. Aber Deutschland war groß. Wie viele Gerd Janssen mochte es in der Bundesrepublik wohl geben? Zum Glück hatten sie es nicht mit einem Meyer, Müller oder Schulze zu tun. Der Nachname Janssen deutete zumindest schon mal eher auf einen Norddeutschen hin. Einen Sohn von Jean oder Johannes. So setzte sich der Name zumindest ursprünglich zusammen. Jan de Vries liebte die Etymologie. Es war ein kleines Hobby oder besser ein Faible von ihm, von Jan „dem Friesen", der Bedeutung und dem Ursprung von Namen oder Wörtern auf den Grund zu gehen.

Er setzte sich vor seinen Laptop und erweckte das Gerät aus dem Schlafmodus. Das E-Mail-Programm startete wie immer automatisch. Schnell überflog er zwei neu eingegangene Nachrichten, antwortet mit kurzen Worten und bestätigte durch einfaches Klicken auf einen Button eine Terminanfrage, öffnete dann den Webbrowser und begab sich umgehend auf die Recherche-Reise bei Google. Die elf Buchstaben erschienen im weiß hinterlegten Suchfeld auf dem Bildschirm, der Cursor blinkte, für eine

Sekunde schwebte sein Finger in fiebriger Vorfreude über der Entertaste. Dann drückte er sie – die Jagd begann.

Zu seinem Bedauern gab es leider doch eine ganze Menge Janssen, und auch der Name Gerd war nicht gerade selten. Es würde also ein langer Tag werden …

***

Als der Kommissar wieder zurück ins Büro kam, war sein Kollege ebenfalls wieder da und gerade damit beschäftigt etwas Rechteckiges an der gegenüberliegenden Wand zu befestigen.

De Vries hatte den ganzen Tag über recherchiert, das Internet im Allgemeinen, Soziale Netzwerke im Speziellen, *Facebook, Xing, Linked In* und sogar *Instagram und Snapchat* durchforstet und war … nicht fündig geworden.

Gerd Janssen zählte scheinbar zur „Generation Offline". Ein paar Mal hat er sich auf der richtigen Spur geglaubt, war dann aber schnurstracks in eine Sackgasse geraten. Er hatte es mit der *Google*-Bildersuche als auch mit *Bing* und sogar *Yahoo* versucht. Fehlanzeige. Ihren Gerd Janssen gab es einfach nicht. Er hatte einen Architekten, einen Fachagrarwirt, den Inhaber einer Schleiferei und diverse andere Janssens gefunden – nur sein Mordopfer nicht.

*Helaas, pindakaas* – Pech gehabt!

Frustriert war er dann schließlich seinem knurrenden Magen gefolgt und war nach *Den Burg* gefahren und hatte sich im Restaurant *De Luwte* eine große Portion *Tarbot filet Noordzee met gegrilde langoustine* schmecken lassen. Danach hatte er sich besser gefühlt und war zurück ins Büro gefahren, wo ihn eine kleine Überraschung erwartete.

Irritiert versuchte Jan de Vries einen Blick auf das Gebilde in den Händen von Theo van Duivenbode zu erhaschen. Es war etwas, das ihm wohl bekannt vorkam. Er seufzte, weil er wusste, was gleich kommen würde. Sein Kollege hatte den Copyright-Hinweis im Text auf der Rückseite entdeckt.

„Was? Ihr beide habt diesen Kalender erfunden?"

Jan de Vries wandte sich innerlich, dann nickte er stumm, setzte dann aber nach: „nicht direkt erfunden, würde ich sagen. In den USA gibt es eine ähnliche Idee schon länger." Er machte eine kurze Pause und langte dann nach seinem Kaffeebecher, der noch einen Rest Kaffee vom Vormittag beinhaltete. „Dort dürfen Häftlinge nur mit Kartendecks spielen, auf denen die sogenannten *Cold Cases* abgebildet sind."

„Du meinst die Fälle deren Spur erkaltet ist und die zu den Akten gelegt wurden." Der Kommissar nickte erneut zustimmend.

„Richtig. Van Helsing hat die Idee damals aus Florida mitgebracht. Er hat dort an der FGCU, der Florida Gulf Coast University, auf einer sogenannten *Body Farm* gearbeitet beziehungsweise studiert. Unseren Behörden war die Idee zu heiß. Die fanden das nicht so gut. Naja, ich hatte dann die Idee mit den Kalendern."

Van Duivenbode verzog anerkennend den Mund und ergänzte dann: „Das macht schon Sinn. Gefangene wissen oft viel mehr, als man denkt."

„Genau. Der Hintergedanke bei dem Projekt war, dass fast jeder Täter irgendwann über seine Taten spricht. Tatsächlich zeigt eine Studie der Polizei-Akademie sogar, dass in etwa zehn Prozent aller alten Fälle der entscheidende Hinweis von einem Häftling stammt."

„Außerdem dürfte die ausgesetzte Belohnung sicherlich auch eine Rolle spielen, richtig?", frage der *Wijkagent*. Erneut nickte de Vries.

„10.000 Euro für die Aufklärung eines Vermisstenfalls und bis zu 20.000 Euro für einen besonders schweren Mord sind kein Pappenstiel. Da will sich der ein oder andere gerne etwas dazuverdienen oder für einen guten Start nach seiner Entlassung sorgen." Er drehte sich um und blätterte nachdenklich in dem an der Wand befestigten Dokument des Todes. Dann fuhr er fort, nicht ohne einen gewissen Stolz in der Stimme: „seit die Kalender probeweise in mehreren Haftanstalten und diverse

Polizeistationen verteilt worden sind, gab es insgesamt bereits doppelt so viele Hinweise wie sonst im ganzen Jahr. In mehreren Fällen waren diese sogar so konkret, dass die ruhenden Ermittlungen wieder aufgenommen wurden ..."

Gespanntes Schweigen breitete sich zwischen den beiden Ermittlern aus und füllte den Raum. De Vries wurde langsam etwas ungeduldig. Seit sie sich am Morgen getrennt hatten, hatte sich sein Kollege nicht mehr bei ihm gemeldet. Er wartete auf Neuigkeiten. Als sich van Duivenbode wieder dem Kalender zuwandte platzte ihm fast der Kragen.

„Und, hat der Besuch in Janssens Hotel irgendwas gebracht?"

Der *Wijkagent* drehte sich fast schon provozierend langsam um und zog sein Notizbuch hervor. Der Kalender baumelte träge an einem krumm eingeschlagenen Nagel hin und her.

„Nichts. Sein Zimmer sah aus, wie ein typisches Urlaubszimmer eines alleinreisenden Mannes eben aussieht. Leere Bierflaschen, dreckige Wäsche auf dem Fußboden, Essensreste in der Küche, im Mülleimer diverse Konservendosen und Verpackungen örtlicher Lieferdienste. Nichts Besonderes. Komischerweise kein Ausweis. Nichts. Laut Gästebuch stammt er wohl aus Oldenburg."
Jan de Vries horchte auf.

„Janssen ist alleine hier? Keine Familie? Kein Personalausweis oder ähnliches?"

„Sieht definitiv nicht danach aus. Das war auf jeden Fall eine waschechte Junggesellenbude, es sei denn seine Frau oder seine Kinder lesen Sexhefte", bei dem Wort „lesen" verdrehte er die Augen und schüttelte den Kopf hin und her. De Vries spitzte die Ohren.

„Welche Art von Heften? Etwas Spezielles?"

„Nein, ganz normaler Kram. Irgendwas mit *Die geile Lehrerin auf Klassenfahrt* und *Die Frau des Chefs*, oder so ... ich konnte nicht alles verstehen. Mein Deutsch ist nicht so gut." Er zwinkerte seinem Vorgesetzten zu, der jedoch den Spaß ignorierte. Van Duivenbode registrierte, dass hier gerade kein Raum für Scherze war und fuhr fort: „Jedenfalls war augenscheinlich nichts Außergewöhnliches darunter. Keine *Kipo* oder irgendwelcher *Sadomaso*-Krams. Nichts, was auf den ersten Blick auf irgendwas Unnatürliches hindeuten könnte." Diesmal untermauerten mit den Fingern in die Luft gemalte Gänsefüßchen das Adjektiv Unnatürliches.

„Keine Kinderpornografie, keine anderen abartigen oder extravaganten Sexualpraktiken ... hmmh ... also auch hier nichts, kein Ansatzpunkt, keine Spur, kein Hinweis." De Vries trat ans Fenster und schaute hinaus.

Eine Herde Schafe verrichtete ihr Tagwerk, still und entspannt, auf der Wiese hinter dem Polizeirevier. „Hast du mit dem Hotelmanager, dem Portier, dem Zimmermädchen gesprochen?", fragte er, obwohl er die Antwort bereits kannte. Natürlich würde sein Kollege das Personal befragt haben und natürlich hätte er ihm sofort berichtet, wenn er etwas von Bedeutung erfahren hätte, was sich als Hinweis oder Ansatzpunkt für ihre Ermittlungen hätte eignen könnte.

Der *Hoofdinspecteur* hatte sich zur Angewohnheit gemacht alles und jeden immer und immer wieder zu fragen bzw. zu hinterfragen. Nicht selten ergab sich dadurch irgendwas. Widersprüche, Nebensätze, ein einzelnes Wort. Sicher ist sicher, war sicher. Er nannte das „auf den Busch klopfen".

*Wat jammer.* Diesmal ging seine Taktik nicht auf. Duivenbode hatte saubere Arbeit abgeliefert und nichts Brauchbares mit zurück an die Burg gebracht. Sie steckten in einer Sackgasse. Frust machte sich breit und nahm Besitz von ihm.

„Sonst irgendwas Brauchbares? Was ist mit dem Restaurantbesitzer? Warst du dort?"

Theo van Duivenbode ignorierte beflissentlich den beißenden Unterton in der Stimme seines Vorgesetzten, behielt die Ruhe, blätterte zwei Seiten weiter und überflog kurz seine Notizen. Dann schüttelte er langsam den Kopf und sagte: „Auch hier weder etwas Verdächtiges, noch hat er irgendwas mitbekommen. Roelof Gastheer hat zur vermuteten Tatzeit Waren im Lager hin und her geräumt und zwei neue Fässer angeschlossen. Er kann sich an nichts Auffälliges erinnern. Er war zu dieser Zeit, wie üblich, allein im Restaurant."

„Mist!", Jan de Vries ballte die Faust und knetete auf einem Papierball, den er aus einem Ausdruck einer unerfreulich nutzlosen Gerd-Janssen-Liste geformt hatte, herum.

„Das ist zwar kein befriedigendes Alibi, ich kann mir aber gut vorstellen, dass er nichts gehört oder gesehen hat. Ich habe in meiner Jugend ebenfalls in der Gastronomie gejobbt und musste damals auch mit Bierfässern hantieren, weil ich schon damals der Kräftigste unter allen Aushilfen war. Das kann schon ganz schön laut werden." Er kaute nachdenklich auf seiner Unterlippe herum. „Background-Check? Hast du da schon was?"

„Ja, aber ebenfalls Fehlanzeige. Nach meinen Recherchen kennen beziehungsweise kannten sich die beiden nicht oder standen in keinem wie auch immer gearteten Verhältnis zueinander. Möglicherweise hat Gerd Janssen mal irgendwann im Paal 17 gegessen oder was getrunken. Aber das muss nichts heißen." Er blätterte um. „Gastheer behauptet, noch nie in seinem Leben in Oldenburg gewesen zu sein. Zumindest nie als Erwachsener. Als Kind sind seine Eltern und er wohl mal dort gewesen. Ansonsten habe ich keine Verbindung zwischen ihm, dem

Opfer oder der Stadt gefunden oder nichts was darauf hindeuten würde."

„Fuck!" De Vries sah seine Felle davonschwimmen und griff nach einem Strohhalm: „Die Jungs vom *Strandbewakking*? Was ist damit?"

Der *Wijkagent* sah seinen Kollegen kurz an und blätterte dann ein paar Seiten in seinem Notizbuch zurück. Er konnte sehen, dass seine Kieferknochen mahlten. Die beiden kannten sich noch nicht allzu gut, er merkte aber, dass de Vries kurz davor stand zu explodieren. Der Druck stieg, wie in einem Dampfkochtopf. Er bemühte sich, die Situation durch sachlich vorgetragene Informationen zu entschärfen, zumindest aber nicht weiter aufkochen zu lassen.

„Thijs und Daan Visser. Beides Insulaner. Zwillinge. Gläubige Christen. Die Jungs sind nach dem heiligen Matthias, dem dreizehnten Apostel und dem alttestamentarischen Propheten Daniel benannt. Ich kenne die Familie sehr gut ..."

„Und was bedeutete das bitte?", fuhr der Kommissar, eine Spur zu aggressiv, dazwischen.

Der Streifenpolizist hielt kurz inne, ignorierte den scharfen Unterton seines Vorgesetzten und fuhr dann fort: „Auch hier hat der Hintergrundcheck nichts ergeben. Die beiden Jungs sind etwa eine Stunde nach dem von van Helsing festgelegten Todeszeitpunkt an ihrer Hütte angekommen. Ihre Mutter kann das bestätigen; ich gebe zu, kein wirklich handfestes Alibi, aber trotzdem glaube ich ihnen. Wie gesagt, ich kenne die Familie. Da ist alles in Ordnung. Ihr Vater ist verstorben, als die beiden noch klein waren. Seitdem bringt die Mutter die Familie mit dem Putzen von Hotelzimmern und Ferienwohnungen durch. Die Zwillinge studieren und arbeiten während der ganzen Semesterferien bei der *Strandwacht* als Rettungsschwimmer. Die Jungs sind *Baywatch*-Fans der ersten Stunde. An diesem Wochenende hatten sie Dienst auf dem Kitesurf-Event.

Der Kommissar winkte ab. „Schon gut. Sorry." Theo van Duivenbode nickte nur kurz. „*Geeft niet. 't Is goed, hoor.* Macht nichts. Passt schon!"

*Der Hoofdinspecteur* trat entnervt und frustriert ans Fenster. Das wäre geklärt. Insulaner brauchten nicht viele Worte um einen Streit beizulegen. Ein ehrliches Wort und alles war vergeben und vergessen.

„Was hältst du von einer kleinen Pause? Ich könnte etwas frische Luft gebrauchen." Jan de Vries atmet tief durch, ließ die verspannten Schultern kreisen und sah seinen Kollegen fragend an. Es knackte bedenklich als er den Kopf hin und her wiegte. Dem *Wijkagent* lief ein Schauer über den Rücken. Er hasste es, wenn sein neuer Kollege das tat.

„Ich bin dabei", antwortete er schließlich. „Hast du eine Idee wo hin?"

„*De Cocksdorp*. Ich lade dich auf ein Bier in den *Strandpaviljoen Faro 2* ein“, lautete die kurze Antwort. Ein zufriedenes Lächeln zeichnete sich auf dem wettergegerbten Gesicht von Theo van Duivenbode ab. Er liebte den nördlichsten Flecken der Insel. Das kleine Dorf, den unendlichen Strand, das besondere Klima und ganz besonders den Leuchtturm *Eierland*, das Wahrzeichen von *Texel*, das so viele inseleigene Produkte zierte und schon so vielen Menschen das Leben gerettet hatte.

„Abgemacht!“, rief er und schnappte sich seine Jacke.

***

Jan de Vries und Theo van Duivenbode saßen windgeschützt hinter einer der von Meersalz, Sand und Gischt trübe gewordenen Glasscheiben auf der großen Terrasse des beliebten Strandpavillons, vor sich jeder ein großes Bier, und schauten schweigend ein paar Kitesurfern zu, die über den zwischen Nordsee und Wattenmeer gelegenen Strand sausten. Der bereits 1864 fertiggestellte *Vuurtoren* wachte schweigend und unbeeindruckt von allem und jedem, wie eh und je über die Szenerie.

Der berühmte Leuchtturm von *Texel* war der einzige „Feuerturm“ in den Niederlanden, der zu drei Seiten auf das Meer hinausschaut. Direkt am gefährlichsten Seegatt der Niederlande gelegen, wachte er über das Meer und seine „Bewohner“.

Bei klarem Wetter könne man über das Weltnaturerbe Wattenmeer hinüber nach *Vlieland, Wieringen, Den Helder* – und mit etwas Phantasie über die Nordsee nach England direkt bis hin zum Nordpol schauen, so berichtete zumindest die Website *www.vuurtorentexel.nlwww.vuurtorentexel.nl* über die rote Sehenswürdigkeit. In Wirklichkeit war der Ausblick aus siebenundvierzig Metern Höhe noch viel beeindruckender.

Immer, wenn er Zeit für sich brauchte, stieg der *Wijkagent* die hundertdreiundfünfzig ausgetretenen Stufen der aus massiven Stahl bestehenden Wendeltreppe hinauf, lies den Blick in die Ferne entschwinden und träumte von ...

... seine Gedanken schweiften zurück zu ihrem Fall und formulierten zwei Fragen:

„Was meinst du? Kriegen wir den *Kloothommel*?

Jan de Vries sah ihn an und antwortete zunächst mit einem leichten Schulterzucken, das von einem dezenten hin und her Wackeln des Kopfes unterstützt wurde.

*Kloothommel*? Klötensack? Er musste grinsen. Was für merkwürdige Schimpfwörter es doch gab. Er dachte kurz nach. In seiner Heimatsprache hörte sich selbst *Klootzak*, Arschloch, irgendwie komisch an.

Er gönnte sich einen ordentlichen Schluck *Stormbock*, sah zu einem Flugdrachen hinauf, der über ihren Köpfen kreiste und sagte mit einem verschmitzten Lächeln auf den Lippen: „The answer, my friend, is blowing in the wind!"

Van Duivenbode sah ihn verdutzt an und folgte dann seinem nach oben deutenden Zeigefinger hinauf zu dem hellgrünen Fluggerät. Er musste nun ebenfalls grinsen. Der kleine Scherz hatte die Situation deutlich aufgelockert und die Schwere genommen.

„Die Wahrheit? Ich weiß es nicht. Die Chancen stehen nicht besonders gut, aber ich habe da so eine Idee. Vielleicht haben wir ja etwas Glück!?"

Der *Wijkagent* runzelte die Stirn und wollte gerade zu einer weiteren Frage ansetzen, als:

„Einmal *frikandel met frietjes* und ein Stück *appletaart met slagroom*?", eine Blondine mit lustigen Zöpfen im Pippi-Langstrumpf-Stil, die rechts und links von ihrem Kopf abstanden, das Gespräch unterbrach.

Nachdem das Essen vor ihnen stand, setze Theo van Duivenbode erneut an, während der Kommissar bereits mit seiner Gabel einen Teil der Schlagsahne auf einer Ecke des Apfelkuchens drapierte, es sorgfältig vom Rest abtrennte und dann in seinen Mund verschwinden ließ:

„Soll ich den Jungs von der *Zandbank* vielleicht nochmal auf den Zahn fühlen?"

„Wie kommst du jetzt auf die?" De Vries hielt inne, schluckt und fuhr dann fort: „Bisher hatten wir die doch gar nicht auf der Pfanne. Das Eventcenter ist eine Ecke weit weg und nach deinen ersten Recherchen, war zum Tatzeitpunkt noch niemand von den Besitzern vor Ort, richtig?"

Er legte die Gabel beiseite und nahm einen Schluck von seinem Bier. Sein Kollege verdrehte bei der Kombination die Augen. *Bier mit Apfelkuchen und Sahne ...*

Er wollte gerade zu einem entsprechenden Kommentar ansetzen, als ein Tumult am Strand seine Aufmerksamkeit auf sich zog. Er reckte den Hals, konnte aber nicht genau erkennen, was da in circa zweihundert Metern vonstattenging.

Eine kleine Menschenmenge war zusammengelaufen und scharte sich um einen am Boden liegenden Körper. Van Duivenbode stand auf und versuchte Genaueres zu erkennen. In diesem Moment flog die Tür krachend auf. Eine junge Frau mit einer abgeschnitten Jeans und einem knappen Bikinioberteil kam durch die Tür gestürmt.

„Einen Arzt! Wir brauchen sofort einen Arzt – oder einen Krankenwagen! Ich glaube er ist tot."

Sie war auf einen Kellner zugestürmt, als sie den *Wijkagenten* erblickte und so abrupt die Richtung wechselte, dass der Servicekraft vor Schreck das Tablett aus der Hand fiel und sich ein Regen aus zerbrochenen Gläsern, Tassen und Tellern über den Holzboden verteilte.

„Sie müssen uns helfen! Blut! Überall ist Blut! Er ist tot, mein Gott!"

Der Wijkagent zögerte nur einen Sekundenbruchteil. Er wandte sich zu dem Kommissar um. Ihre Blicke trafen sich. „Lauf! Sieh zu, was du tun kannst, ich verständige die Kollegen von der *Ambulance*. Los!", rief Jan de Vries während er bereits sein Mobiltelefon vom Tisch fischte.

Er wählte gerade die 112 als sein Kollege bereits die Treppe zum Strand herunter eilte und durch den tiefen Sand auf die aufgeregte Menschengruppe zulief.

***

Der Körper des Mannes lag mit dem Kopf voran in einer Sandburg auf dem Bauch. Blut sickerte aus einer klaffenden Wunde am Kopf und füllte den Burggraben mit seinem tödlichen Rot.

Ein umgekippter gelber Plastikeimer neben dem eine blaue Schaufel und ein grünes Sieb auf ihren Besitzer warteten, lag neben dem Körper.

Ein schätzungsweise vierjähriges Kind stand weinend daneben, während die überforderte Mutter verzweifelt versuchte, es in dieser chaotischen Situation zu beruhigen. Unter dem mit einem Tank-Top und einer Badehose bekleideten Körper lag halb verborgen ein schwarzer Sportdrachen dessen Haupttraverse gebrochen war. An den Füßen trug er gelbe Laufschuhe der Marke Adidas.

Theo van Duivenbode hatte Schwierigkeiten, zu dem Verletzten durchzukommen, so dicht standen die Schaulustigen aneinandergedrängt, teilweise mit den Handys filmend, um das Opfer herum. Erste Hilfe leistete niemand. Ihn erinnerte diese Situation an das Verhalten von Verkehrsteilnehmern auf deutschen Autobahnen nach einem Unfall. Gaffen statt Rettungsgasse. Filmen statt helfen. Sterben lassen statt Leben retten.

„Lassen Sie mich durch! Verdammt noch mal, aus dem Weg!", rief der Polizist und drängte sich gewaltsam durch den Pulk Menschen und ließ sich neben dem Verletzten in den Sand fallen.

Vorsichtig untersuchte er zunächst den leblosen Körper, drehte ihn auf den Rücken und versuchte, den Puls zu fühlen. Fehlanzeige. Dann legte er behutsam seinen Kopf auf den Oberkörper des Mannes um auf Atemgeräusche zu lauschen, doch vor lauter Gerede und Gemurmel konnte er nichts hören.

„*Allemaal koppen dicht!* – haltet jetzt alle mal die Schnauze. Ich kann nichts hören!"

Aber auch nachdem die Menschenmenge verstummte und der unerbittliche Wind, wie auf ein unheimliches Geheißen hin, eine kurze Pause machte, konnte er keine Atemgeräusche mehr feststellen. Fieberhaft untersuchte er die Atemwege, entfernte Sand und eine zerbröselte Muschelschale aus dem Mund. Doch für diesen Mann kam definitiv jede Hilfe zu spät. Er blickte sich mehr anklagenden denn hilfesuchend um. Wut stieg in ihm auf. Unbändige Wut! Dann brach es aus ihm heraus:

„*Je klootzakken! Hij is dood!*", schrie er die um ihn herumstehenden Leute an. „Macht die verdammten Kameras aus. Sofort!" Er sprang auf uns riss einem etwa zwanzigjährigen jungen Mann mit schulterlangen Dreadlocks das Handy aus der Hand:

„Ist dir eigentlich klar, was hier gerade passiert ist?"

Schweigen. Der Junge starrte ihn nur aus glasigen Augen an und entgegnete dann mit träger Stimme: „Chill mal Alter, das war der absolute Hammer. Hat echt mega Pech gehabt der Gute. Aber nicht meine Schuld. Ich hab ihm den Drachen schließlich nicht auf den Kopf fallen lassen", und griff nach seinem Handy, nahm es dem völlig verdutzen *Wijkagenten* aus der Hand und verschwand, noch ehe der sich versah wieder in der Menge …

Der Polizist blieb zurück. Leises Gemurmel setzte wieder ein … *YouTube* … *zo gek als een achterdeur* … *echt krass* … *Fail der Woche* … *upload* … Wortfetzen wie aus weiter Ferne zu ihm an Land gespült ... Er wandte sich wieder dem Toten zu.

Als Theo van Duivenbode in der Ferne die Sirenen des herannahenden Krankenwagens vernehmen konnte, fiel sein Blick schließlich das erst Mal bewusst auf das Gesicht des Mannes. Er stutzte. Es kam ihm irgendwie bekannt vor. Dann fiel es ihm ein. Erst gestern hatte er ihn kennengelernt. Es war ihr einziger Zeuge, zumindest so etwas Ähnliches wie ein Zeuge; sein Name war Pieter Mulder.

Jan de Vries, der mittlerweile auch eingetroffen war und hinter dem *Wijkagenten* stand, hatte es trotz des blutverschmierten Gesichts ebenfalls bemerkt.

Verdammt. Lief denn hier alles gegen die beiden Ermittler? Ein Mörder lief da draußen noch immer frei herum und nun das hier.

Alles sah auf den ersten Blick wie ein tragischer Unfall aus. Oder ob das vielleicht doch kein Zufall war? Die einzige Person, die vielleicht noch etwas hätte zu ihm Täter sagen können, stirbt am nächsten Tag durch einen Sportdrachen am Strand?

Die ersten Zeugenaussagen und die Aussage des jungen Mädchens, das sie im *Faro 2* benachrichtig hatte, deuteten auf einen Unfall hin. Oder steckte vielleicht doch mehr dahinter? Ein Sportdrachen als Tatwaffe? Noch kurioser ging es ja nun wirklich nicht.

Doch so komisch sich das auch anhören mochte: Unfälle mit Drachen waren durchaus nicht unüblich. Das wusste er aus jahrelanger Erfahrung – und durch YouTube – wo in Kürze wohl auch bald dieser Fall mit einem Video zu sehen sein würde.

Ein gezielter Mord jedoch? Eher unwahrscheinlich ...

Eines stand allerdings schon jetzt fest: Es würde ein langer Tag werden. Gott sei Dank würde in wenigen Minuten Verstärkung eintreffen. Die hier anstehenden Zeugenbefragungen würden einige Zeit in Anspruch nehmen. Außerdem würde es mit Sicherheit einige Verhaftungen wegen unterlassener Hilfeleistung geben, der Drachenlenker in Gewahrsam genommen und befragt werden müssen.

Vielleicht standen er, Mulder und Gerd Janssen ja doch irgendwie in Verbindung und es handelte sich um einen perfiden und gut ausgeklügelten Plan?!

**KAPITEL 9**

Wie viel Stunden waren Sie jetzt ununterbrochen im Einsatz? Er guckte auf die Uhr. Die Datumsanzeige zeigte den 1. September. Es war mittlerweile fast 7.30 Uhr in der Früh. Sie hatten beinahe die ganze Nacht durchgemacht.

Der Mord und der Unfall am Leuchtturm hatten sie nicht zur Ruhe kommen lassen. Mehrere leere Pizzakartons, zerknickte Cola-Dosen und ein Friedhof an Schokoriegel-Papier verzierten das Büro und zeugten von harter Ermittlungsarbeit, einem hohen Kalorienbedarf und einer ordentlichen Prise Frust.

In der Arrestzelle nebenan wartete unterdessen ein ziemlich verkaterter und geknickter Drachenlenker auf seinen Anwalt. Der aus *Middelburg,* aus der Provinz *Zeeland* stammende Holländer würde sich vor Gericht verantworten müssen. Wäre der Anlass nicht so tragisch gewesen, wäre die vorläufige Anklage durchaus ein Fall für das Kuriositätenkabinett gewesen: *Führen eines Lenkdrachens im öffentlichen Raum unter Alkoholeinfluss mit Todesfolge*. Eine Verurteilung wegen fahrlässiger Tötung stand im Raum.

In der Zelle nebenan warteten gleich acht weitere Personen auf ihre Überführung nach *Den Helder*. Sie hatten sich der unterlassenen Hilfeleistung, nach Paragraph 323c schuldig gemacht, der da lautete:

***§ 323c - Unterlassene Hilfeleistung; Behinderung von hilfeleistenden Personen***

*(1) Wer bei Unglücksfällen oder gemeiner Gefahr oder Not nicht Hilfe leistet, obwohl dies erforderlich und ihm den Umständen nach zuzumuten, insbesondere ohne erhebliche eigene Gefahr und ohne Verletzung anderer wichtiger Pflichten möglich ist, wird mit Freiheitsstrafe bis zu einem Jahr oder mit Geldstrafe bestraft.*

*(2) Ebenso wird bestraft, wer in diesen Situationen eine Person behindert, die einem Dritten Hilfe leistet oder leisten will.*

Ein Haftrichter würde sich dort heute mit dem Fall beschäftigen. Sehr wahrscheinlich würden sie mit einer Geldbuße oder einer Strafe auf Bewährung davonkommen, aber das Verhalten der durchweg jungen Leute, vor und insbesondere auch noch nach dem Eintreffen des Rettungsdienstes und der Kollegen vom Polizeirevier, hatte das Fass schließlich zum Überlaufen gebracht und zu ihrer Verhaftung geführt.

Für van Duivenbode war ihre Verhaftung mehr als nur eine Genugtuung. Für ihn bedeutete das ein Stück weit Gerechtigkeit für Pieter Mulder. Hätten die Leute statt zu filmen geholfen, hätte der Mann möglicherweise überlebt. Ihre Verurteilung sollte eine Mahnung an alle Gaffer und Schaulustigen sein. Er hoffte, dass die Strafen nicht allzu milde ausfallen würden. Eine Nacht im

Gefängnis, ohne Mobiltelefon, in einer nackten Zelle ohne Internet und jeglichen Luxus, war auf jeden Fall schon mal ein guter Anfang.

Noch heftiger würde es sehr wahrscheinlich den angetrunkenen Drachenlenker treffen. Man würde sehen. Da sie den Verantwortlichen in Gewahrsam hatten, bestand erstmal keine Fluchtgefahr, sie konnten sich wieder auf ihren Fall konzentrieren. Der Hintergrundcheck lief. Doch wie es bisher aussah, hatte der arme Teufel tatsächlich nichts mit dem Fall des ermordeten Deutschen zu tun. Nichts legte nahe, dass sich Joost van Draak – so sein Name – Pieter Mulder und Gerd Janssen kannten oder jemals begegnet waren. Doch was bisher nicht herausgefunden wurde ... konnte ja noch kommen. Ein Kollege aus *Den Helder* kümmerte sich darum und würde sich melden, sollte er etwas Interessantes herausfinden.

„Im Prinzip haben wir nichts. Gar nichts. Nicht die kleinste Kleinigkeit", sagte Theo van Duivenbode und warf frustriert seine Dienstmütze auf den Schreibtisch, wo sie ein zur Hälfte mit abgestandener Cola gefülltes Glas gefährlich ins Schlingern brachte. Mit einem Satz war der Polizist an seinem Arbeitsplatz, griff nach dem Glas und verhinderte so, dass sich der Inhalt über seine Tastatur ergoss.

Jan de Vries beobachtete mit nachdenklichem Gesichtsausdruck das merkwürdige Treiben seines Kollegen. Er hatte Recht. Sie hatten nichts. Eine Leiche, keine Zeugen, keinen Verdächtigen und, und das war das Schlimmste, keinen blassen Schimmer, wo sie ansetzen sollten. Frustriert malträtierte de Vries einen Edding mit den Zähnen, während er im Büro auf und ab tigerte und grübelte. Der *Wijkagent* hatte sich auf seinen Stuhl fallen lassen und verfolgte der Kommissar mit seinen Blicken.

"Das Ganze sieht mir irgendwie nicht nach einer geplanten Tat aus", wiederholte Jan Vries zum x-ten Mal das, was er nun wohl schon an die hundertmal gesagt hatte und rieb sich dabei mit der rechten Hand über das kantige Kinn, auf dem sich bereits langsam ein stattlicher Dreitagebart zu bildeten begann.

Er stand auf, den nun vollständigen Bericht der Rechtsmedizin, der vor ein paar Stunden per Fax in der Leitstelle auf *Texel* eingegangen war, in der Hand und ging hinüber zu der Pinnwand mit den Fotos vom Tatort und blieb nachdenklich davor stehen. Der *Wijkagent* beobachtete ihn dabei und wartete aufmerksam auf seine weiteren Ausführungen.

Wenn er nachdachte, sich konzentrierte und mit den Zähnen mahlte wie jetzt, hatte der Kommissar entfernt Ähnlichkeit mit dem Schauspieler Dolph Lundgren als Ivan Drago aus Rocky 4, fand sein Kollege. Der Gesichtsausdruck, die Haare und die Augenfarbe und die Statur; alles passte perfekt. Abwarten. Beobachten. Zuhören. Lernen.

Jan de Vries deutete auf ein Foto, das den Strand und den Unterbau von Paal 17 zeigte, wo die Leiche gefunden worden war: „Sehen wir uns die Spuren im Sand noch mal ganz genau an", er tippte mit dem Finger auf ein großes Bild in der Mitte und fuhr dann fort: „Meiner Meinung nach ist es so passiert. Ich spekulier mal: Einer von beiden, ich nehme an Gerd Janssen, hat hier eine Pinkelpause eingelegt."

Van Duivenbode unterbrach ihn: „Das würde die relativ frischen Urinspuren erklären, die die Spurensicherung an dem Pfeiler direkt neben der Leiche gefunden hat."

Jan de Vries nickte. „Genau. Der zweite, also der Mörder, ist vom Parkplatz aus gekommen, wollte zum Strand, hat ihn entdeckt als er um das Gebäude herum kam und ist zu ihm hinübergelaufen. Dann ist es zum Streit gekommen, in dessen Folge der Täter den Holzpfahl ergriffen und ihn Janssen über den Kopf gezogen hat. Um ihn zu verstecken, hat er ihn dann ein Stück unter den Pfahlbau gezogen und die Leiche dort abgelegt." Er zeigte nun nacheinander auf mehrere Aufnahmen, die den Tatort, ein paar vom Wind fast verwehte Schleifspuren, die Leiche und die Tatwaffe aus verschiedenen Perspektiven zeigten.

Van Duivenbode wurde mutiger: „Dann ist er in Panik abgehauen und hat Janssen, und glücklicherweise auch die Tatwaffe zurückgelassen." Der Kommissar grinste und nickte.

„Richtig. Und das Unglaubliche, und endlich mal eine gute Nachricht: Die Spurensicherung hat doch tatsächlich Fingerabdrücke auf dem Holzpflock gefunden. Unfassbar, was heute alles forensisch möglich ist. Das hätte ich nicht erwartete. Das könnte uns noch sehr dienlich sein, wenn wir den Täter gefunden haben ..."

„Ja, wenn ... wir haben ... nichts ... lediglich einen stinknormalen gammeligen Holzbalken aus der Unterkonstruktion des auf unzähligen Pfählen stehenden Strandrestaurants, mit einem Fingerabdruck, der in keiner Datenbank zu einem Treffer geführt hat", entgegnete der Polizist und ließ die Schultern hängen. Die Tatwaffe: Van Helsing hatte ihn, sofort nachdem er ihn gesicherte hatte, in die Technik gegeben und eine Abfrage veranlasst. Das Ergebnis: Fehlanzeige. *No match found. Kein Treffer.* Das gute Stück würde ihnen also nur etwas nutzen, wenn sie einen Verdächtigen vorzuweisen hatten, mit dem man den Abdruck würde vergleichen können.

De Vries schwieg und dachte nach, während er mit gerunzelter Stirn und hinter dem Rücken verschränkten Armen durch den Raum schritt – dann:

"Mir kommt da gerade so eine Idee. Es ist nur ein Schuss ins Blaue. Aber vielleicht bringt uns das ja weiter. Lass uns mal ein bisschen spekulieren. Was, wenn sich der Täter und das Opfer doch kannten? In der Gürteltasche von Janssen fehlte alles, was ihn hätte identifizieren können: Geld,

Kredit- oder EC-Karte, Führerschein, Schlüssel, Ausweis – alles weg.

„Oder doch ein Raubmord?!“, warf der *Wijkagent* ein und sprang auf. Er hatte das unbestimmte Gefühl, dass hier möglicherweise gerade etwas in Gang geraten war.

„Möglich, aber warum auch die Ausweispapiere, Autoschlüssel und alles andere? Außerdem haben wir alles in der Gegend abgesucht. Die Mülleimer, die Dünen, die ganze Gegend. Normalerweise findet man bei einem Raub die überflüssigen Dinge direkt in der Umgebung. Der Täter will nicht mit dem Portemonnaie des Opfers erwischt werden, er nimmt das Geld raus und wirft es weg“, antwortete Jan de Vries, hielt kurz inne, kaute einen Moment weiter nachdenklich auf seinem Kugelschreiber herum und sagte dann:

„Check du doch bitte mal bei der Fährgesellschaft die Kennzeichen. Frag bitte speziell nach Fahrzeugen aus dem Oldenburger Raum, die in den beiden letzten zwei bis drei Wochen auf die Insel gekommen sind und mach mir eine Liste. Wenn der Täter sich vielleicht online ein Fährticket reserviert hat, müssten wir das Kennzeichen und vielleicht sogar einen Namen haben. Ich hoffe, es werden nicht allzu viele sein. Die Ferien sind schon länger rum. Ist nur ein so eine Idee. Vielleicht bringt uns das ja irgendwie weiter." Er zwinkerte ihm zu. „Ich will etwas versuchen.“

Van Duivenbode nickte, schnappte sich seine Jacke und machte sich umgehend in Richtung *Veerhafen* auf, während sich Jan de Vries wieder der Pinnwand zuwandte und weiter den Edding mit den Zähnen malträtierte.

Möglicherweise wäre der Ansatz einen Versuch wert. Im Grund war es nicht mehr als der berühmte Strohhalm oder das Fischen im Trüben, doch mehr hatten sie nicht. Also mussten sie es versuchen. Vielleicht hatte van Duivenbode ja mit den Kennzeichen Glück.

Er würde seines auf eine andere Art und Weise versuchen, er würde eine alte Freundin kontaktieren, er würde ein Telefonat führen, denn sie mussten nun langsam mal *spijkers met koppen slaan,* Nägel mit Köpfen machen …

## KAPITEL 10

Einer unbestimmten inneren Eingebung folgend, war ihm eine Idee gekommen. Mochte sie auch noch so unkonventionell und für jeden ordentlichen Krimi untauglich sein, er musste es einfach versuchen. Vielleicht konnte ihm jemand helfen, sein Kommissar Zufall sein, den er schon seit einer kleinen Ewigkeit nicht mehr gesprochen und gesehen hatte, mit dem ihn aber eine tiefe Freundschaft verband.

Das, was sie zusammen durchgemacht hatten, mussten, glücklicherweise, nur sehr wenige Menschen miteinander teilen: den gewaltsamen Tod eines Menschen.

Er hatte soeben aus dem Kopf die Nummer einer deutschen Kollegin aus Oldenburg, die er vor etlichen Jahren bei seinem ersten Mordfall auf der Insel Ameland kennengelernt hatte, gewählt; bereits nach dem dritten Klingeln hob jemand ab:

„Anke Frerichs, Kriminalpolizei Oldenburg, Fachkommissariat 1. Was kann ich für Sie tun?"

Der *Hoofdinspecteur* atmete einmal tief durch. Es tat gut, ihre Stimme zu hören. Auch wenn dadurch unzählige, besser verborgen gebliebene Erinnerungen wieder an die Oberfläche gespült wurden. Er atmete noch einmal tief durch, straffte die Schultern, drängte sie wieder zurück in die Tiefen seines Verstandes und antwortete dann in fast akzentfreien Deutsch:

„Hallo Anke, ich bin´s: Jan de Vries."

Zunächst folgten ein paar Sekunden nachdenklichen Schweigens am anderen Ende der Leitung, dann rief die Kommissarin mit unverhohlener Freude in der Stimme:

„Jan! Schön, Dich am Telefon zu haben! Wir haben ja ewig nichts voneinander gehört. Wie geht es Dir?"

Er kam ohne Umschweife zur Sache: „Du musst mir helfen Anke. Ich bin hier auf *Texel* und habe einen Toten. Sein Name ist Gerd Janssen. Er kommt aus Oldenburg." Jan de Vries machte eine kurze Pause, damit seine deutsche Kollegin Zeit hatte, die kurz und knapp übermittelten Information gedanklich zu verarbeiten. Für Smalltalk war heute keine Zeit.

Er wollte gerade fortfahren, da konnte er schon das leise Klappern von Fingern auf einer Tastatur vernehmen. Ein leichtes Lächeln umspielte seine Lippen. Das war Anke Frerichs wie sie leibt und lebt, wie er sie kannte: Ohne viele Worte, sofort und umsichtig anpacken und handeln, statt lange zu schnacken. „Moin reicht völlig. Moin, Moin ist schon Gesabbel", hatte sie einmal zu ihm gesagt, als er sie mit der in Norddeutschland weit verbreiteten und typischen Begrüßung empfangen hatte.

„Ich habe hier zwei Janssen mit gleichem Vornamen. Einer ...," sie stockte kurz, „ ... ist Ende dreißig, der andere ...", wieder eine kurze Pause, tippen, „ ... der andere ist achtundsechzig."

„Es ist der Jüngere", unterbrach er sie.

„Geburtsdatum?"

„Geboren – und gestorben am 31. August."

Er hörte Anke Frerichs schnaufen, als diese die perfide Datumsgleichkeit registrierte. *Das muss man auch erstmal schaffen.* Dann: "Korrekt. Das Geburtsdatum stimmt. Er wohnt ... äh ... wohnte ... im Alexandersfeld 16?"

Er verglich die Hausnummer mit den Notizen aus dem Reservierungsformular aus dem Hotel des Opfers, das sein Kollege kopiert und mitgebracht hatte. „Ja." Dann machte er eine kurze Pause bevor er fragte: „Kannst du mir irgendwas über ihn sagen?"

„Lass mich mal etwas genauer gucken." Tippen.

Jan de Vries griff nach seiner hellblauen Kaffeetasse mit den Aufdruck *„Life is better at the Beach!"*. Frustriert musste er zur Kenntnis nehmen, dass sie schon wieder leer war. Er stellte sie wieder zurück und schnappte sich eine halbleere Flasche Cola light die unter einem Lampenschirm, der augenscheinlich auch schon bessere Zeiten gesehen hatte, ihr trostloses Dasein fristete. Er nahm einen kräftigen Schluck.

Kohlensäure- und zuckerbefreite, lauwarme Cola unternahm den vergeblichen Versuch, seinen Durst zu löschen. Angewidert stellte er die Flasche zurück unter das Bürosolarium.

„So wahnsinnig viel kann ich dir über diesen Gerd Janssen gar nicht sagen“, sagte Anke Frerichs und ließ nun ihrerseits eine kurze Pause folgen. Jan de Vries konnte hören, wie sie einen Schluck trank. Wahrscheinlich Kaffee. Seine Kollegin war ein regelrechter Kaffee-Junkie. Dann fuhr sie fort: „Strafrechtlich ist er ... bis auf eine Kleinigkeit ... bisher nicht in Erscheinung getreten ... warte mal." Wieder ein Rascheln, dann eine gedämpfte Stimme:

„Enno, wie komme ich nochmal in die Archivdatei von *Nivadis* rein?" Eine für de Vries unverständlich gemurmelte Antwort folgte. „Ah ... , ja ... , jetzt geht's." Tippen. Ein Geräusch als ob jemand die Hand vom Hörer nahm. Jetzt war sie wieder deutlich zu hören:

„Jan? Ich bin wieder da. Also ... , Janssen hatte Stress mit einem Frank Leibner wegen dessen Hund." Wieder eine kurze Pause. „Der Typ hat ihm vorgeworfen, er hätte seinen Hund erschossen."

„Erschossen?", fragte der holländische Ermittler.

„Ja, Janssen hatte einen offiziellen Jagdschein und sogar ein eigenes Revier. Laut Bericht ist der Hund, ein Golden Retriever, genau dort bei einem Waldspaziergang mit seinem Herrchen erschossen worden. Der Täter konnte nicht ermittelt werden. Janssen war zwar stark tatverdächtig, das Verfahren wurde aber schließlich aus Mangeln an Beweisen eingestellt."

„Sonst noch etwas, das ich wissen sollte?"

„Eigentlich nichts Besonderes. Janssen ist verheiratet hat zwei 2 Kinder und ist mit einer eigenen Praxis als Psychotherapeut selbständig ... äh ... war."

Jan de Vries machte sich schnell ein paar Notizen. Psychotherapeut und Jäger? Na, das passte ja nun irgendwie gar nicht zusammen. Gerd Janssen schien eine komplizierte, auf jeden Fall aber interessante Persönlichkeit gewesen zu sein. Zumindest erklärte der Umstand, dass er Jäger war, das Medaillon, das er bei der Leiche gefunden hatte.

Als seine Kollegin weiter beharrlich schwieg wusste er, dass alles gesagt war, was es zu wissen gab. Da waren sich die beiden sehr ähnlich. Das nötigste an Worten war den beiden genug.

„Ich danke dir!" Er wollte schon auflegen, dann fügte er hinzu: „Ach, noch was", er machte eine kurze Pause und atmete tief durch, „besuch mich doch mal wieder auf *Ameland*, wir haben uns schon so lange nicht mehr gesehen."

Sie zögerte. Ein peinlicher Moment der Stille breitete sich zwischen den beiden Ermittlern aus.

"*Lijkt me een goed idee*. Klingt nach einer guten Idee. Ich werde sehen. In nächster Zeit sehr wahrscheinlich aber eher nicht. Ich stecke hier gerade in einem sehr vertrackten Fall um einen professionellen Serienkiller, der hier einen nach dem anderen umbringt und ein Tattoo auf den Opfern hinterlässt. Wir haben schon mehrere Opfer in vierzehn Tagen."

Jan de Vries schwieg zunächst. „*De Doods-boodschapper?*"

„Ich verstehe nicht?"

Der Hauptkommissar versuchte es auf englisch: „*The Death Dealer?*"

Anke Frerichs verstand. „Ja, der Todesbote. So nennt man ihn hier bei uns in Deutschland."

„Ich verstehe. Wir hatten mit dem Kerl hier in den Niederlanden auch schon Ärger. Er hat mehrere Leute von anderen Clubs ins Jenseits befördert. In *Alkmaar*, unweit von hier, hat das Chapter Northwest Coast seinen Sitz. In *Harlingen* und *Haarlem* gibt es auch je eine Dependance. Diese *Apeharses* breiten sich aus wie eine Seuche. Ich hatte damals mit einem Frank L., einem mutmaßlichen Brandstifter zu tun, einem ehemaligen Mitglied der Angels. Leider konnten wir weder ihn noch den Todesboten drankriegen. Er steht unter dem Schutz der Rockerbande." Er hatte ohne Luft zu holen geredet. Das war mehr als untypisch für den Holländer. Dann setze er nach: „*Je bent nog niet jarig*. Mach' Dich auf was gefasst!"

Leises Gemurmel im Hintergrund: „Anke, was ist nun mit den alten Fallakten?" Rascheln am anderen Ende der Leitung. Sie hatte wieder die Hand über die Sprechmuschel gelegt. Noch leiser: „Nerv mich nicht, Enno! Ich mache so schnell ich kann." Dann, jetzt wieder deutlicher:

„Jan? Ich muss auflegen. Wenn was ist, oder ich Dir weiterhelfen kann, weißt du ja, wo Du mich findest." Sie versuchte sich erneut auf niederländisch:

„*Hou je haaks*, machs gut – und pass auf Dich auf!"

„*Ik red me wel*. Ich schaff' das schon. Danke!", antwortete er, doch da hatte sie auch schon aufgelegt.

***

„Wer war denn das?", fragte Enno Melchert, der jüngste der drei im Fachkommissariat 1 beschäftigten Hauptkommissare seine Kollegin, nachdem der Hörer wieder seinen angestammten Platz in der Ladestation gefunden hatte. „Du wirkst ein bisschen verstört. Alles klar bei dir?"

„Ach, nichts", sie winkte ab und schaute wieder gedankenverloren aus dem Fenster. Eine schwarze Wolke hatte sich über ihre

Gesichtszüge gelegt. „Nur ein alter Kollege, oder besser gesagt ein alter Freund, der meine Hilfe bei einem Fall brauchte."

Enno Melchert runzelte die Stirn und blickte sie fragend weiter an, sagte aber kein Wort. Wenn Anke reden wollte, würde sie von sich aus kommen. Manchmal machte es keinen Sinn, nachzubohren. Und jetzt gerade war so ein Moment. Nach einer kleinen Ewigkeit drehte sie sich zu ihm und atmete zweimal tief durch. Es sah so aus als würde sie innerlich mit sich ringen.

„Jan de Vries ist ein holländischer Kollege ..."

„Sehr wahrscheinlich ein niederländischer Kollege" verbesserte Enno Melchert sie und verstummte augenblicklich. Er konnte manchmal einfach nichts dafür – sein Mund war nicht selten schneller als sein Gehirn. Ankes Blick hätte Eis zum Schmelzen bringen können.

„Sorry!", er zuckte mit den Schultern.

„ ... wir haben vor einigen Jahren, ich war selber noch gar nicht so lange im Dienst, einen Mord aufgeklärt. Auf *Ameland* war ein, wie sich hinterher rausstellte, gefährlicher Kinderschänder am Strand ermordet aufgefunden worden. Ich war mit Tanja im Urlaub auf der Insel."

Sie machte eine kurze Pause und stand auf, um sich mit einer Senseo-Kaffeemaschine, die gut versteckt in einem Aktenschrank verstaut war, einen frischen Kaffee zuzubereiten. Enno

Melchert, der ehemalige Journalist, folgte ihr mit dem Blick und legte entspannt die Füße auf den Tisch.

„Er hat mich und Tanja in einem der Strandlokale angesprochen und um Hilfe gebeten. Er war damals noch ein völlig unerfahrener *Wijkagent*, ein Streifenpolizist." Sie schloss das Fach für die Kaffeepads und betätigte die Taste mit der großen Tasse. Augenblicklich begann das kleine Gerät, Gift und Galle zu spucken. Das Wasser wurde unter hohem Druck durch das Pad in die Tasse befördert.

„Und ihr habt den Fall aufklären können?"

„Ja, mit etwas Glück. Es war gruselig. Es war kein einzelner Täter, es war ..." Das Telefon klingelte; gleichzeitig öffnet sich die Tür und Werner Vollmers, ihr Vorgesetzter kam herein.

Hektik brach aus. Anke war zu ihrem Telefon geeilt und griff nach dem Hörer und Enno Melchert kippte bei dem Versuch, die Füße schnellstmöglich vom Tisch zu bekommen fast mit seinem Stuhl nach hinten über.

Vollmers sah ihn durchdringend an. Sein tadelnder Blick verhieß nichts Gutes. Der altgediente Hauptkommissar verstand bei einigen Dingen keinen Spaß. Disziplinloses, ungebührliches Verhalten gehörte dazu.

„Anke Frerichs, Kriminalpolizei Oldenburg, Fachkommissariat 1." Die Stimme ihrer Kollegin erklang leise gedämpft im Hintergrund. „Ja? Okay, ... ja, ... ich komme gleich runter und hole die Sachen ... was? Kaffee? ... ja ... äh ... bitte ... äh ... mache ich ... !“ Sie telefonierte augenscheinlich mit einem Mitarbeiter aus der Verwaltung.

„Seid ihr jetzt endlich weiter mit den alten Fallakten? Habt ihr die im Archiv gefunden oder sind die vielleicht unter deinen Schuhsolen kleben geblieben?“, fragte der kurz vor seiner Pensionierung stehende Ermittler.

Enno Melchert sah hilfesuchend zu seiner Kollegin hinüber ...

***

Der kühle Wind bog das Dünengras in Richtung Binnenland. Die Flut griff nach dem Strand und spülte unzählige Muscheln und Quallen auf das ewige Beige der Insel. Jan de Vries und Theo van Duivenbode hatten ihr Besprechung ans Meer verlegt.

Während sie direkt an der Wasserlinie in Richtung *Paal 19* liefen, um dort kurz einzukehren, berichtete der *Hoofdinspecteur* seinem Kollegen von dem Telefonat mit Anke Frerichs, und der *Wijkagent* ihm im Gegenzug von seinen Rechercheergebnissen am Hafen von *Texel*.

Sobald sie zurück im Polizeirevier waren, wussten sie, was zu tun war. Mindestens ein weiteres Telefonat stand an. Dann herrschte für eine ganze Weile Schweigen zwischen den beiden Beamten. Nun hatten sie endlich etwas, mit dem sie arbeiten konnten.

Der Polizist genoss den kurzen Ausflug in vollen Zügen. Das niemals endende Spiel von Ebbe und Flut, Sturm und Flaute, Leben und Vergehen hatte schon immer eine beruhigende Wirkung auf den Polizisten gehabt.

Dem Kommissar ging es ähnlich. Ein Tag, an dem er nicht wenigsten einen kurzen Spaziergang am Meer unternehmen konnte, war ein verlorener Tag für ihn. Er brauchte das Rauschen der Wellen, das Kreischen der Möwen und das beißende Kratzen des Salzes auf seiner Haut wie die Luft zum Atmen. Es erinnerte ihn an seine Kindheit.

Ein Gedankenfetzen, so präzise wie vergänglich baute sich vor seinem inneren Auge auf. Einmal, ein einziges Mal waren sie damals alle zusammen in den Urlaub in die Berge gefahren. Er, Annie, seine Mutter, sein Vater. In die Schweiz. Sie hatten eine Freundin von Annie besucht. Das Ergebnis: Urlaub in den Bergen?! Einmal und nie wieder. Die kilometerhoch erscheinenden Berge, die unerträgliche Enge zwischen den Massen von Steinen, Geröll und Steilhängen, der eingeschränkte Blick, die Höhe ... die zu dünne Luft ... all das war nichts für einen jungen Mann, der aus Sand, Wasser, Salz und Wind geformt zu sein schien ...

Ein Strandläufer schnappte sich eine Muschel. Eine Möwe einen rötlichen Krebs, der sich unvorsichtiger Weise aus seinem Versteck gewagt hatte.

Leben und Sterben lagen so dicht beieinander. In der Tierwelt machte keiner so viel Aufhebens um das Töten. Ausgerechnet die Krone der Schöpfung musste Regeln dafür erfinden. Nannte man es Krieg, war das Töten erlaubt, tötete man einen Menschen im Streit, zum Spaß, aus Eifersucht oder Gewinnstreben, war das ein schreckliches Verbrechen.

Töte man ein Tier in der freien Wildbahn, ohne dass man dafür eine ausdrückliche Erlaubnis hatte, wurde man bestraft, tötete man aber täglich tausende Hühner, Schweine, Kühe, in maschinell optimierten Fleisch-KZs, war das für die meisten Menschen in Ordnung. Natürlich nur so lange man nichts davon mitbekam – und der Preis stimmte.

Jan de Vries hatte das nie verstanden. Er aß Fleisch; gern und auch nicht sonderlich selten. Doch er ... das Kreischen einer zweiten Möwe, die der ersten den Krebs streitig machte, riss ihn aus seinen trüben Gedanken ... das Wort Diebstahl ... gefolgt von Mundraub ... schossen ihm durch den Kopf.

*Au man Jan,* dachte er. *Du bist und bleibst mit Leib und Seele Polizist.* Er musste über sich selbst schmunzeln. *Paal 19* kam in Sicht. Es war nicht mehr weit bis zu dem Restaurant. Der Holzbau trotzte dem Wind. Die rote Fahne der 1999 gegründeten *Texelse Bierbrouwerij* flatterte tapfer im Wind.

Jetzt wartete erstmal eine ordentliche Portion *appeltaart met slagroom* auf ihn. Danach würde er telefonieren ... und hoffentlich den Sack zu machen können ...

## KAPITEL 11

„Hallo Anke, ich bin´s nochmal", er machte eine kurze Pause und strich das Papier mit der Liste der Oldenburger Kennzeichen glatt.

„Jan! Erst hört man sich Jahre nicht und dann so kurz nacheinander. Was kann ich tun?" Sie hörte sich besser an, als bei ihrem ersten Telefonat. Wahrscheinlich hatte sein erster Anruf sie ziemlich überrumpelt und alte Wunden aufgerissen.

„Der Mord an Gerd Janssen, du weißt?", er räusperte sich und fuhr dann fort: "Ich habe hier eine Liste mit Kennzeichen, erfreulicherweise ist sie nicht besonders lang, ein Stochern im Nebel. Vielleicht könntest du mal gucken, wer dahintersteckt?"

Seine Frage hing im Raum wie ein unausgesprochenes Fragezeichen. Zunächst Schweigen, Anke Frerichs rang innerlich mit sich.

„Eigentlich geht das nicht. Datenschutz und so."

„Ich weiß, ich weiß", unterbrach de Vries die Kommissarin, „aber ich brauche jetzt deine Unterstützung. Der Täter ist sehr wahrscheinlich noch auf der Insel, möglicherweise gerade dabei zu verschwinden. Wenn er erst mal von der Insel runter und aus Holland raus ist, wird es die Sache nicht einfacher machen. Außerdem machen mir die Leute von der Fährgesellschaft hier ebenfalls die Arbeit schwer. DSGVO. Datenschutz Grundverordnung. Die haben mir lediglich die Nummernschilder gegeben. Den passenden Namen wollten sie mir nur gegen einen richterlichen Beschluss herausgeben. Die spinnen total. Diese *papieren Tijger*. Datenschutz." Er stöhnte auf. „Ich habe hier einen Mord aufzuklären und diese *Bureaucraten* erzählen mir was von Datenschutz und individuellen Rechten und dass wir hier ja schließlich nicht in einem Polizeistaat leben, sondern in der EU, und dass hier das europäische Gesetz gilt. Und ... ach ... man ... ich habe hier den Beschluss beantragt, doch das braucht seine Zeit. Zeit die ich vielleicht nicht habe. Du musst ..." Er hatte sich regelrecht in Rage geredet und sprach ohne Punkt und Komma auf sie ein.

„Schon gut. Schon gut. Ist ja schon gut!", beschwichtigte sie ihn. „Ich werde dir ja helfen." Sie konnte sich bildlich vorstellen, wie er sich jetzt fühlte und sehr gut nachvollziehen unter welchem Druck er stand. „Gib schon her!"

„Ich schick dir eine WhatsApp. Ist das okay?"

Sie verdrehte innerlich die Augen. Eine Nachricht über WhatsApp ... und das leidige Thema Datenschutz. Das ging mindestens genauso gut oder besser gesagt so schlecht zusammen wie Facebook, Google, Microsoft und die NSA. Wie auch immer. Sie hatte jetzt weder die Zeit noch die Muße, und noch weniger Lust, sich nun auch noch darüber mit ihm auszutauschen.

„Ja. Ich mach mich sofort an die Arbeit und melde mich dann umgehend bei dir." Er hörte das leise Piepen eines Handys durch den Hörer. Zwei blaue Häkchen erschienen auf dem Display seines Mobiltelefons. Seine Nachricht war angekommen.

„Danke dir, Anke. *Haast je alsjeblieft!*"

„Keine Ursache. Ach Jan, ... tu mir bitte den Gefallen und mach trotzdem eben einen Wisch mit einem formlosen Amtshilfegesuch fertig und schick ihn mir rüber. Ich drucke mir den hier aus und packe ihn zu meinen Unterlagen. Falls etwas dabei sein und es später aus irgendeinem Grund Probleme geben sollte, nehme ich das auf meine Kappe. Dann habe ich das Ding einfach noch bei mir liegen gehabt." Sie holte kurz Luft und fügte dann. Noch hinzu: „Nicht, dass uns der Täter noch wegen eines Verfahrensfehlers durch die Lappen geht."

„Mach ich!", er musste grinsen. Auf seine alte Freundin war nicht nur Verlass, sie war auch ausgesprochen clever und mit allen Wassern gewaschen.

„Nochmal Danke. Ich bin gespannt auf dein Feedback."

Mit dem Daumen beendete er das Gespräch und sah nachdenklich aus dem Fenster. Wie sagen die Deutschen: Ein blindes Huhn findet auch mal ein Korn. Vielleicht hatte er ja Glück. Sein Bauchgefühl ließ ihn selten im Stich. Er blickte auf die Uhr. Wie lange würde sie wohl für die neun Kennzeichen brauchen? Unruhig begann er, im Büro hin und her zu laufen.

Theo van Duivenbode saß unterdessen schweigend auf einem Sofa und blätterte in der aktuellen Ausgabe von *Texel dit Weekend*, einer regelmäßig und komplett auf deutsch erscheinenden Zeitung für Touristen. *Sind Sie bereit für das Abenteuer Ihres Lebens?* stand unter einem Bild mit zwei Männern, die augenscheinlich gerade aus einem Flugzeug gesprungen waren. Einer lachte überschwänglich in die auf sie gerichtete Kamera, der andere reckte grinsend, der Wind zerrte unnachgiebig und vehement an seinen Mundwinkeln, seinen rechten Daumen nach oben. Die beiden sahen glücklich und voll motiviert aus.

Allein bei dem Gedanken daran in drei Kilometern Höhe aus einem Flugzeug zu springen und dann an den Rücken eines anderen gebunden mit rund 200 km/h hilflos dem Erdboden entgegen zu stürzen, stellten sich dem Wijkagenten die Nackenhaare auf.

*Das Abenteuer meines Lebens? Niemals!*

Jan de Vries tigerte weiter vor ihm her, kaute auf einem Kugelschreiber herum, nahm seine Kaffeetasse von Tisch, stellte fest, dass sie leer war und stellte sie zurück. Dieses Spiel wiederholte sich noch drei weitere Male, bis ... van Duivenbode studierte gerade einen Artikel über die neue Texel e-Vignette, das neue elektronische Parkticket-System der Insel, als das Telefon endlich klingelte.

Was sich angefühlt hatte wie eine kleine Ewigkeit, waren in Wirklichkeit keine 10 Minuten gewesen ...

## KAPITEL 12

Keine zwei Stunden später. Als Jan de Vries und sein Kollege an die Tür eines cremefarbenen mit weißen Akzenten abgesetzten Mobilheimes klopften, das sich tief in die Dünen duckte, stand die Sonne schon wieder so tief, dass sie lange Schatten über den Strand warf. Die Temperaturen waren schlagartig um einige Grad gefallen. Der bald anstehende Herbst schickte seine ersten Vorboten ins Rennen.

Der *Hoofdinspecteur* fröstelte leicht und schlug den Kragen seiner Jacke nach oben. Er blickte sich um. Überall zeigten sich die für Texel typischen Kaninchen auf den Wegen, Wiesen und in den Büschen. Er musste schmunzeln, als er eines unter einem, in etwas zwanzig Metern entfernt parkenden BMW hervorhoppeln sah; er erinnerte sich an eine Geschichte die ihm vor einigen Wochen zugetragen worden war, über ein kleines, schwarz-weißes Kaninchen, das im Motorraum eines Paares aus Moers über 330 Kilometer mit in der Heimat gereist war. *Können ganz schön zäh sein, die kleinen Biester,* dachte er.

Camping. Eigentlich liebte der Kommissar diese Art von Urlaub, denn die meist recht luxuriös ausgestatteten Mobilheime kombinieren zwei der Eigenschaften, die er in seiner Freizeit sehr zu schätzen wusste: den Luxus eines Ferienhauses und den Charme von Camping. Leider vertrieb die Ameländer Tourismusbehörde die Besitzer nach und nach von der Insel. Sie passten nicht mehr in das neue Marketingkonzept der Insel. So wie es aussah, schickte sich *Ameland* gerade an, das holländische Sylt zu werden.

Er klopft ein zweites Mal mit der Linken. Seine rechte Hand wanderte automatisch zu seiner Waffe, zog sie aber nicht, sondern legte nur zur Beruhigung seine Hand um den Griff. Theo van Duivenbode stand leicht versetzt hinter ihm, sicherte ihn ab und hielt den beiden zur Not den Rücken frei. Seine Anspannung stieg.

Es tat sich was im Mobilheim; zaghafte Geräusche hinter der Tür kündeten davon, dass jemand zuhause war. Ein Riegel wurde zurückgezogen, ein Schlüssel dreht sich vernehmlich im Türschluss. Dann öffnete sich langsam die Tür, ein Gesicht erschien im Türspalt. Sein Griff schloss sich fester um seine Waffe, seine Muskeln spannten sich an. Adrenalin pumpte durch seine Adern. Er war bereit für …

Ein schläfrig wirkender Frank Leibner öffnete vorsichtig und langsam die Tür und zuckte fast unmerklich zusammen, als er die beiden Polizeibeamten im zunehmenden Halbdunkel erkannte; ein großes Fragezeichen auf seinem Gesicht. De Vries entging das nicht. Es war nicht unnatürlich, dass selbst unbescholtene Bürger bei einem Besuch der *Politie* nervös wurden, aber hier lag die Sache anders, das spürte er sofort. Schuld und ein schlechtes Gewissen lagen in der Luft. Das konnte er dem etwa ein Meter fünfundsechzig großen, leicht untersetzten Mann mit den dunklen Haaren und den wolligen, von ersten grauen Strähnen durchzogenen Vollbart anmerken.

„Herr Leibner?", fragte der Kommissar. Der Mann sah ihn nur kurz an und versuchte, etwas zu entgegnen, doch irgendwie fehlten ihm die Worte. Als er schließlich resigniert den Blick senkte und die Schultern hängen ließ, wussten die beiden Ermittler, dass sie ihren Täter endlich erwischt hatten.

Mit einem einzigen, kräftigen Schritt nach vorne drückte Jan de Vries sich zwischen ihn und den Türrahmen, stieß die Tür vollends auf, und baute sich ehrfurchtgebietend in seiner vollen Größe vor dem kleinen Mann auf, um jeglichen Gedanken an Flucht oder Gegenwehr im Keim zu ersticken. Sein Kollege spielte das Spiel mit und verstellte ihm den Weg an seinem Kollegen vorbei.

Doch das war gar nicht nötig. Frank Leibner wusste, wann er verloren hatte. Er war eh kein großer Kämpfer; noch nie gewesen – schon zu seiner Schulzeit war er jedweder Form von Streit lieber aus dem Weg gegangen, hatte Konflikte gemieden. Nur einmal, ein einziges Mal in seinem Leben hatte er sich nicht im Griff gehabt, hatte sich zu einer gewalttätigen Konfrontation hinreißen, sich provozieren lassen; mit keinem sehr guten Ausgang! Das hatte er bitter erfahren müssen. Viel Blut, Tränen und Schmerzen waren die Folge gewesen.

Ja, er war damals bereit gewesen für sich und seine Familie zu kämpfen, aber heute war nicht der richtige Zeitpunkt, es ein zweites Mal zu versuchen …

## KAPITEL 13

*„Du hättest deinen dämlichen Köter zur Brut- und Setzzeit eben nicht frei rumlaufen lassen dürfen. Und schon gar nicht in meinem Revier.“* Körperlose Wortfetzen aus der Dunkelheit. Geflüsterte Schemen im Schatten, gefolgt von einem diabolischen Lachen.

Dann: Schwärze. Ein Stöhnen. Sein Stöhnen? Ein Schuss. Blut. Ein Aufjaulen. Blut. Das Weinen eines Kindes. Tränen. Schmerzen. Verlust. Szenenwechsel. Ein Mann in einer schwarzen Robe. Ein mit dunklem Holz vertäfelter Raum. Eine dumpf klingende Stimme.

„Im Tierschutzgesetz, Paragraph 17 steht geschrieben,“ der Richter befeuchtete mit der Zunge seinen Zeigefinger und strich dann mit dem Handrücken über die Buchseite, um besser vorlesen zu können, was dort geschrieben stand: „Mit Freiheitsstrafe bis zu drei Jahren oder einer Geldstrafe wird bestraft, wer 1.: ein Wirbeltier ohne vernünftigen Grund tötet oder 2.: einem Wirbeltier aus Rohheit erhebliche Schmerzen oder Leiden oder länger anhaltende oder sich wiederholende erhebliche Schmerzen oder Leiden zufügt.“

„Das gilt aber nur eingeschränkt bzw. gar nicht für Jäger, Euer Ehren“, unterbrach ihn der Anwalt, während er aufstand, die Krawatte glattstrich, den Knopf seines Sakkos schloss und fortfuhr: „Außerdem ist keinesfalls erwiesen, dass mein Mandant überhaupt an der Tat beteiligt gewesen war. Es konnte bisher seitens der Anklage weder bewiesen werden, dass der Schuss aus der Waffe von Herrn Janssen abgefeuert wurde, noch, dass ..."

Er schreckte aus dem Schlaf hoch. Schweißgebadet suchte er nach dem Lichtschalter, um durch die Helligkeit die Geister der Vergangenheit zu vertreiben. In seinem noch immer schmerzenden Kopf hallten die Entgegnungen des Richters wider, sah er vor seinem inneren Auge das Bedauern im Blick seines Anwalts, als die Einstellung des Verfahrens verkündet wurde, nahm das kaum sichtbare Aufblitzen eines höhnischen Grinsens im Gesicht des Mannes wahr, der seinen Hund getötet hatte. Ein Gesichtsausdruck, der lediglich einen Sekundenbruchteil verweilt hatte, schneller verflogen war als ein flüchtiger Wimpernschlag, sich aber für immer, unauslöschlich und tief, in sein Gedächtnis eingebrannt hatte.

Traurigkeit wich Wut, Wut wich bleierner Schwere, als ihm klar wurde, dass ihn erneut die dunklen Schatten der Vergangenheit heimgesucht und es das unveränderbare Gestern erneut geschafft hatte, sich ins Hier und Heute zu schleichen.

Er kniff verzweifelt die Augen zusammen und versuchte sich zurück in die Wirklichkeit zu blinzeln. Wie spät war es eigentlich? Hinter den halb zugezogenen Vorhängen zeichneten sich ganz zaghaft die ersten Boten des neuen Tages ab und färbten den Raum in ein, von wenigen orangen Strichen durchzogenes, tintiges Blaugrau. Vereinzeltes Vogelgezwitscher kündete von aufkeimender Geschäftigkeit und Erwachen der örtlichen Fauna.

Er fröstelte, zog die klamme Bettdecke fester um die Schultern, drehte sich träge um, den Blick starr zur holzgetäfelten Wand gerichtet - und versuchte zu vergessen ...

***

Die beiden Ermittler hatten Glück gehabt. Jan de Vries' Bauchgefühl hatte sich tatsächlich bewahrheitet, auch wenn es lediglich, *een schot in het blauw,* ein Schuss ins Blaue gewesen war, geboren aus dem Mut der Verzweiflung.

Das Nummernschild und der Anruf bei seiner Kollegin, war ein echter Glückstreffer gewesen. Jeder Leser eines Kriminalromans hätte den Autor für eine so einfache Auflösung sehr wahrscheinlich gesteinigt, aber so war das Leben nun einmal. Manchmal war es genau das, was es war – einfach einfach.

Als sie seinen Namen hatten, war es leicht gewesen, den Täter zu finden, denn alle Mobilheim-Besitzer auf der Insel waren in einem zentralen Register vermerkt. Also stand auch Frank Leibner auf dieser Liste. So hatten sie sehr schnell nicht nur einen Namen, sondern auch seine Adresse. Das, und die Findigkeit von Theo van Duivenbode, hatte ihnen weiteres mühsames Klinkenputzen oder ein erneutes

Nachtelefonieren bei den Hotels und Pensionen erspart.

Sie hatten ihm Handschellen verpasst, die Tür hinter sich ins Schloss gezogen, ihn auf den Rücksitz des Polizeiwagens verfrachtet, mit aufs Revier genommen und zunächst über Nacht alleine in eine Zelle gesperrt. Sie hatten kurz in Erwägung gezogen, ihn noch am selben Abend zu verhören, doch nach den ganzen Strapazen der letzten Tage hatten sie sich ein wenig Ruhe verdient und dafür entscheiden, ihn erst am nächsten Morgen zu vernehmen.

Der Täter war in Gewahrsam, der Fall gelöst. Eigentlich ein guter Grund zu feiern; Jan de Vries und Theo van Duivenbode konnten zufrieden mit sich sein. Doch wahre Freude wollte sich bei den beiden Ermittlern trotzdem irgendwie nicht einstellen, zu langsam ließ die Anspannung der letzten Tage von ihnen ab. Außerdem galt es im Verhör auch noch ein Geständnis zu bekommen beziehungsweise das Motiv in Erfahrung zu bringen.

Doch das dürfte nicht allzu schwer werden ...

Alleine in einer Zelle, ohne Ablenkung, ohne zu wissen, was als nächstes auf ihn zukommen würde, ohne etwas zu trinken, die Temperatur ein paar Grad zu warm, das Licht fast bis zur vollständigen Dunkelheit gedimmt. Das konnte und würde, speziell bei einem solchen Verdächtigen wie Frank Leibner, viel bewirken. In Fachkreisen nannte man das auch „behutsames

Weichkochen", eine bewährte und beliebte vorbereitende Verhörmethode.

Bei dem Oldenburger hätten sie diese Methode gar nicht gebraucht. Nach einer unruhigen Nacht in der Zelle war Leibner eh geständig, er war kein eiskalter Mörder. De Vries brauchte gar nicht viel zu fragen. Das Verhör lief fast wie von alleine, der passionierte Angler sprudelte wie ein Wasserfall, redete sich alles von der Seele und Jan de Vries und Theo van Duivenbode hörten zu. Es war so einfach wie banal. Seine Geschichte simpel, maximal plausibel, fast schon zu einfach – nachvollziehbar.

Die Wahrheit: Die Situation am Strand von *Texel* war schlicht eskaliert. Als Frank Leibner an diesem unheiligen Morgen seinen Erzfeind Gerd Janssen beim Pinkeln erkannt hatte, war bei ihm eine Sicherung durchgebrannt. Er war auf ihn losgestürmt und hatte ihn wild beschimpft. Zu tief saß der Stachel, war die Trauer über den Verlust ihres Hundes in ihm verankert.

„Er hat mir rotzfrech ins Gesicht gelacht und schließlich zugegeben, meinen Hund mutwillig erschossen zu haben. Die dämliche Töle habe es nicht anders verdient gehabt, hat er gesagt."

Er griff sich ein Papiertaschentuch aus einem Spender, den die Ermittler vor ihm auf den Tisch gestellt hatten, und schnäuzte sich. Dann bearbeitete er unter stetem Schluchzen das vollgerotzte Taschentuch mit beiden Händen, knetete es zu einem Ball und fuhr dann fort: „Da bin ich ausgerastet, habe den Holzpflock gesehen, danach gegriffen und auf das Schwein eingeschlagen – einmal, zweimal, dreimal. Ich habe ihn durchlöchert - dann bin ich weggerannt", stieß Leibner schließlich unter einem Schwall von Tränen, hinter vor das Gesicht geschlagenen Händen hervor und fügte wimmernd hinzu: „ich konnte sein atemloses Röcheln, seine verzweifelten Hilfeschreie im Pulsieren seines Blutes versiegen hören."

Er griff sich ein weiteres Taschentuch und versuchte damit ungeschickt sein Gesicht zu trocknen. Es folgte eine weitere kurze Pause, dann: „Überall war Blut. So viel Blut."

Dann leiser: „Er hat es doch nicht anders verdient ..."

## KAPITEL 14

Gleich dem schwindenden Licht, verfinsterte sich auch die Miene von *Hoofdinspecteur* Jan de Vries. Eigentlich hätte er zufrieden sein können, ja sogar müssen. So schnell hatte er selten einen Fall gelöst. Doch irgendwas verhagelte ihm die Laune.

Zugeben, er hatte, neben der Hilfe seines sehr tatkräftigen und cleveren Kollegen, auch etwas Glück gehabt; mit der Spur nach Oldenburg und seinem Anruf bei seiner alten Freundin. Es hätte ebenso gut auch jemand anderes der Mörder von Gerd Janssen gewesen sein können, der Besitzer von *Paal 17* zum Beispiel, ein unbekannter Besucher oder Lieferant des Restaurants, vielleicht auch einer der Rettungsschwimmer oder einfach irgendein anderer Irrer. Doch leider hatten sie bis dahin keine andere Spur beziehungsweise anderen Verdächtigen gehabt. Und etwas Glück gehört manchmal auch einfach dazu.

Alles in allem hatten sie saubere Polizeiarbeit abgeliefert und Gott sei Dank wenig bis kein Aufsehen erregt. Die Tourismusbehörde hatte es sogar geschafft, die Presse weitestgehend ruhig zu stellen. Lediglich eine kleine Randnotiz über einen Todesfall auf der Ferieninsel hatte in die Zeitungen des Landes Einzug gehalten. „Todesfall", nicht Mord. Gott sei Dank.

In die *Texelse Courant* hatte es der Fall gar nicht erst geschafft. Dafür hatten ein Telefonat des

Kommissars und die Erinnerung des Chefredakteurs an den unsäglichen Bericht vor ein paar Jahren mit der verunglückten Radfahrerin gereicht.

Und außerdem: Leibner hatte gestanden. Das Motiv: der von Gerd Janssen, dem ziemlich undurchsichtigen Charakter und passionierten Jäger, getötete Hund. Es hatte sich nebenbei herausgestellt, dass Janssen von seiner Frau verlassen und aus der gemeinsamen Wohnung herausgeworfen worden war. Ob wegen des getöteten Hundes oder eines mutmaßlichen, außerehelichen Fehltritts, konnte nicht abschliessend geklärt werden. Es erklärte jedoch seinen Aufenthalt hier alleine auf Texel und den unsäglichen Zustand seines Zimmers.

So weit so gut. Morgen würden sie den Mann, der jetzt in einer der Arrestzellen eine weitere Nacht verbringen musste, in die sonst nur übermütige oder weniger trinkfeste Touristen eingesperrt wurden, um ihren in der Kneipenmeile von De Koog erarbeiteten Rausch auszuschlafen, aufs Festland bringen und der Justiz überstellen. Ein paar finale Untersuchungen waren noch zu erledigen; der Abgleich mit dem gefundenen Fingerabdruck auf dem Holzpfahl zum Beispiel. Das würde lediglich eine reine Formalität für die niederländische Staatsanwaltschaft sein, um den Fall, zusätzlich zu dem Geständnis von Frank Leibner, maximal wasserdicht zu machen. Einer Verurteilung stand dann nichts mehr im Weg.

Es würde sehr wahrscheinlich auf Totschlag im Affekt hinauslaufen. Für eine klassische Mordanklage fehlten die wesentlichen Mordmerkmale: Heimtücke, Grausamkeit oder den Einsatz von gemeingefährlichen Mitteln. Einzig das Motiv könnte die Staatsanwaltschaft als Niedere Beweggründe heranziehen. Aus Wut hatte Leibern Gerd Janssen getötet, das stand außer Frage – aber es war weder geplant, noch mit Vorsatz gewesen. Er hatte ihn zufällig am Strand getroffen. Davon war auszugehen.

De Vries grub tiefer in seinem Gedächtnis. Was hatte er in seinem Studium noch über das zu erwartende Strafmaß gelesen? Die Strafe für einen Totschläger betrugt nach seiner Kenntnis mindestens fünf Jahre Freiheitsentzug. In besonders schweren Fällen konnte ein Täter mit einer lebenslangen Freiheitsstrafe bestraft werden. De Vries rechnete jedoch nicht damit.

Wie auch immer. Klappe zu, Affe tot. Der Fall war abgeschlossen. Er hätte es gut sein lassen können, doch irgendetwas störte ihn an der ganzen Sache gewaltig. Er wusste nicht genau, was es war, aber irgendwas stimmte hier nicht. Das sagte ihm ein nicht nachlassendes Ziehen in seiner Magengegend. Es war alles irgendwie fast schon zu glatt gelaufen. Das Geständnis. Das fast schon wie ein Schauspiel wirkendes Geständnis von Leibner im Verhörraum. Die Taschentücher. Sein Schluchzen. Eine Show? Über die Jahre hatte er gelernt, sich auf sein Bauchgefühl zu verlassen. Wenn da etwas grummelt, war in den meisten Fällen auch etwas dran. Frank Leibners

Worte geisterten unablässig durch seine Gehirnwindungen.

*Überall war Blut. So viel Blut* ... Jedes Wort, abgespeichert für die Ewigkeit; in Wortlaut und Betonung. Konserviert und gesichert. Gedankenfetzen wirbelten durch sein Bewusstsein.

*Er hat mir rotzfrech ins Gesicht gelacht …*

Jan de Vries nahm einen weiteren Schluck von seinem Bier und sah den wenigen Passanten hinterher, die noch schnell ihre letzten Einkäufe erledigen wollten. Den Apfelkuchen ließ er bisher unangetastet. Die Schlagsahne verflüssigte sich langsam und tropfte an der Seite hinab und breitet sich auf dem Teller aus, als würde die Flut das Watt nach erfolgtem Gezeitenwandel wieder in Beschlag nehmen wollen.

*Da bin ich ausgerastet, habe den Holzpflock gesehen, danach gegriffen und auf das Schwein eingeschlagen – einmal, zweimal, dreimal ...*

Die ersten Abendgäste, die ihr Abendessen in der Innenstadt von *Den Burg* einnehmen und danach vielleicht noch auf ein Glas Wein oder ein Bier in einer der vielen kleinen Bars und Bistros einkehren würden, mischten sich unter die Einheimischen. Die Sonne verschwand langsam hinter einem Giebel und tauchte die Szenerie augenblicklich in ein trübes Grau.

Seine Gedanken verfingen sich in einem Karussell aus Vermutungen, kruden Theorien und unbegründeten Mutmaßungen. Van Duivenbode war nun sicherlich bei seiner Familie zuhause. De Vries stutzte. Hatte der Polizist überhaupt eine Familie? Der *Hoofdinspecteur* war sich plötzlich nicht mehr sicher, hatte er den Kollegen doch nie danach gefragt. In seiner Akte hatte jedenfalls nichts von einer Familie gestanden. Oder? Die Gedanken an Frank Leibners Vernehmung vernebelte diese ansonsten sicher abgespeicherte Information.

Jan de Vries runzelte die Stirn. Es wollte etwas aus den Tiefen seines Unterbewusstseins zu ihm an die Oberfläche durchdringen. Doch was? Es kribbelte in der Magengegend.

*Ich habe ihn durchlöchert – dann bin ich weggerannt ...*

Eine dreiköpfige Familie mit einem cremefarbenen Golden Retriever riss ihn wieder in die Wirklichkeit zurück als sie sich lautstark an einem Tisch direkt neben dem seinen breit machten und der Hund begann, ihn neugierig zu beschnüffeln. Der Golden Retriever wurde ursprünglich für die Jagd gezüchtet. Man setzte ihn ein, um geschossene Vögel – auch aus dem Wasser – zu apportieren. Heute ist die Rasse vor allem für ihr ausgeglichenes Wesen, ihre gute Verträglichkeit mit fremden Menschen und ganz besonders mit Kindern bekannt.

Etwas, eine zunächst für nebensächlich gehaltene Information, drängte sich plötzlich mit Macht in sein Bewusstsein. Sein Blick wanderte irritiert zwischen den dreien hin und her. Dann wurde ihm auf einmal alles klar. Verdammt, das ist es! Der Hund. Leibner. Ein Foto. Verdammt, sie hatten einen folgenschweren Fehler gemacht! Er schaute auf die Uhr, nickte innerlich, es war noch nicht zu spät, zog sein Mobiltelefon aus der Jackentasche und drückte die im Handy eingespeicherte Kurzwahltaste von Theo van Duivenbode. Sie hatten keine Zeit zu verlieren. Jetzt zählte jede Minute. Noch während das Telefon um eine Verbindung mit der gewählten Nummer rang, war er bereits aufgesprungen, warf ein paar Münzen auf den Tisch, drängelte sich an der Familie und dem Hund vorbei auf den Gehsteig hinaus in Richtung seines Autos. Ein leises Klicken signalisierte, dass der Wählversuch erfolgreich war. Gott sei Dank war er noch nicht im Bett.

„Theo, wo bist du?"

„Jan? Im *Vuurtoren* in *De Cocksdorp*." Er macht eine kurze Pause. Seine Stimme klang irgendwie blechern. „Lass mich überlegen ... hmmh ... genaugenommen exakt auf Stufe 125. Moment." Gemurmel und Geraschel im Hintergrund. Dann: „Was kann ich für Dich tun?"

Der Kommissar schilderte ihm in wenigen Worten, was ihn schlussendlich davon überzeugt hatte, dass sie den Falschen im Gefängnis sitzen hatten.

„*Je lult uit je nek?!* Du redest Blödsinn, oder?" Beidseitiges Schweigen war die Folge.

Staunen. Nachdenken. Grübeln. Warten. Der Kommissar wollte ihm Zeit lassen die neuen Informationen zu verarbeiten und für sich auf Stimmigkeit zu überprüfen. Möglicherweise lag er ja doch falsch? Was wenn er sich geirrt hatte? Was wenn doch nicht? Zweifel?! Dann: Jan de Vries meinte buchstäblich hören zu können, wie der Groschen bei seinem Kollegen fiel:

„Okay. Ich bin auf dem Weg. Wo treffen wir uns? Was soll ich tun?"

Es folgten ein paar knappe Anweisungen von Jan de Vries, dann war das Gespräch beendet. Sie hatten keine Sekunde zu verlieren. Wenn sie jetzt nicht schnell handelten, würde ihnen der tatsächliche Täter doch noch durch die Lappen gehen.

## KAPITEL 15

Der *Wijkagent* wartete unmittelbar vor der Zufahrt zu einer der letzten Fähren, die *Texel* für heute verlassen sollten und hielt Ausschau nach einem weißen 1er BMW und einem jungen Mann, der das Auto steuern würde.

Er wartete jetzt bereits seit gut einer halben Stunde hier am *Veerhaven*. Er hatte sich direkt so an der letzten Schranke vor der Zufahrt zur Fähre positioniert, dass jeder, der die Insel mit dem Auto verlassen wollte, an ihm vorbei musste. Ein ungesehenes Entkommen war nicht möglich. Es sei denn, die Zielperson war bereits mit einer der vorherigen Fähren von dem niederländischen Eiland verschwunden.

Jan de Vries hatte ihn vor etwas mehr als vierzig Minuten angerufen. Ungläubig hatte er seinen Worten schweigend gelauscht. Und dann erkannt, welchen folgenschweren Fehler sie beinahe begangen hätten. Keine dreißig Minuten später hatte er hier Posten bezogen. Im Eiltempo hatte er die knapp zwanzig Kilometer von dem fast gegenüberliegenden Leuchtturm bis zum Hafen zurückgelegt, während sein Vorgesetzter zu dem Mobilheim der Familie Leibner geeilt war. Möglicherweise war dort noch etwas für sie zu holen …

Theo van Duivenbode beobachtete den träge in Richtung Fähranleger dahinfließenden Verkehr und rief sich die These seines Kollegen nochmal ins Gedächtnis. Bei der Verhaftung des

Oldenburgers hatte es keine Komplikationen geben, ebenso schnell hatte er die Tat gestanden. Er war der ideale Täter. Motiv, Möglichkeit und die Umstände passten.

Weitestgehend, aber nicht gänzlich ... wie sich nun herausgestellt hatte. Ihnen war nämlich ein winziges Detail entgangen. Der Tathergang. Die Schilderung von Leibner. Etwas passte nicht und außerdem ...

Als sie ihn festgenommen hatten, war da möglicherweise noch jemand gewesen, musste noch jemand zuhause gewesen sein. Vermutlich der Sohn. Nachdem sich Frank Leibner hatte so bereitwillig festnehmen lassen, hatten sie die Umgebung und das beigefarbene Chalet mit den weißen Fenstereinfassungen nicht weiter untersucht.

Ein möglicherweise folgenschwerer Fehler, der dazu führen konnte, dass der wahre Täter mit seiner Tat eventuell ungesühnt davonkommen könnte.

***

Während der *Wijkagent* an der Fähre Wache schob, war Jan de Vries mit seinem Nissan Patrol zu der Adresse von Frank Leibner gefahren. Sie hatten sich zur Sicherheit aufgeteilt.

Doch wie erwartet fand der Kommissar das luxuriös eingerichtete Mobilheim verlassen vor. Trotzdem sah er sich ein wenig um. Auf dem

Parkplatz stand diesmal kein Fahrzeug. Ein sicheres Indiz dafür, dass der Verdächtige, wie vermutet, längst ausgeflogen war.

Vorsichtig, seine Waffe gezogen, umrundete er das kleine cremefarbene Häuschen von links kommend, spähte verstohlen in das dunkle, nun gardinenverhangene Fenster, legte lauschend das Ohr gegen die Scheibe, konnte aber auch so nichts Auffälliges entdecken. Eine schwarzgraue Dohle landete zeternd auf der Dachrinne des Chalets und beobachtete ihn durch ihre hellblauen Augen; wie ein geflügelter Wachhund. De Vries mochte die gelehrigen aber unabhängigen Vögel aus der Rabenfamilie. Bei seiner Einheit auf der Polizeiakademie war die Dohle ihr Wappentier gewesen. Er schätzen an ihnen vor allem ihr hoch entwickelten Sozialverhalten und ihre Klugheit.

Obwohl er hier niemanden mehr vermutete, pumpte das Herz des Kommissars heißes Adrenalin durch seine Adern. Er versuchte sich etwas zu beruhigen, lehnte sich mit dem Rücken gegen die Wand, wischte sich den Schweiß von der Stirn und atmete zweimal tief durch. Atmen. So hatte man es ihm beigebracht. In stressigen Situationen hilft ruhiges und kontrolliertes Atmen um wieder Herr seiner Sinne zu werden und sich auf die anstehende Aufgabe zu fokussieren. Atmen. Einatmen. Ausatmen. Langsam und kontrolliert. Und noch einmal von vorne. Es funktionierte auch diesmal. Sein Puls verlangsamte sich. Die zuvor extreme Anspannung ließ merklich nach. Weiter.

Er arbeitete sich Stück für Stück weiter über die Terrasse zum Eingangsbereich vor. Die zunehmende Dunkelheit gab ihm Schutz, hätte aber auch einem potenziellen Täter oder Verdächtigen ebenfalls als Deckung dienen können. Doch der Caravan war leer. Nichts und niemand war zu sehen. Stille. Das war es auch, was die Besucher von *Texel* hier suchten – und in der Regel auch fanden. Er hielt inne und lauschte. Nichts.

Der *Hoofdinspecteur* schlich weiter, umrundete das Mobilheim nun zur Gänze und betrat schließlich die etwas höher gelegene kleine Veranda und betätigte, nach kurzem Zögern, schließlich die Türklinke der Eingangstür. Wie erwartet, war sie verschlossen. Er schaute sich um. Was sollte er tun?

Einer plötzlichen Eingebung folgend kam ihm eine Idee, als sein Blick auf eine in den Holzboden eingelassene Luke zu seiner Linken fiel. Ein schelmisches Grinsen wanderte über seine Lippen. Innerlich schloss er eine Wette mit sich selbst ab. Dann öffnete er die leicht vermoderte Klappe und blickte in das trübe Dunkel hinab, zog seine Taschenlampe aus dem Gürtel und leuchtete hinein. Eine haarige, etwas fünf Zentimeter große Winkelspinne verschwand ob der nächtlichen Ruhestörung zwischen den verschmutzten Bohlen unter einem verrottenden Blatt. De Vries musste schmunzeln. In seiner Heimat nannte man diese nachtaktive Spinnenart auch „der Alptraum aller Hausfrauen". Und obwohl er ansonsten keine

Probleme mit den Achtbeinern hatte, hatte er sich doch tatsächlich ein bisschen erschreckt. Er schrieb das der angespannten Situation zu.

Der Ermittler ließ den Lichtstahl umherwandern. Wie vermutet, befanden sich hier die gesammelten Versorgungsleitungen für das Chalet. Die Wasserleitung, direkt daneben die Gasversorgung und ein kleiner grauer Verteilerkasten für den Strom. Er griff mit der Hand ins Dunkel, folgte der Spinne auf ihrem Weg ins Unbekannte und fuhr mit den Fingerspitzen unter dem Rand der Luke entlang bis er etwas berührte. Ein breites Grinsen wanderte nun über sein Gesicht. War es nicht die Fußmatte oder ein Blumentopf im Beet neben der Tür war es nicht selten der Sicherungskasten oder wie in diesem Fall, der Versorgungsschacht …

Er hatte die Wette gewonnen, hielt den im Sonnenuntergang glänzenden Schlüssel in der Hand. Die Dohle war ihm gefolgt und quittierte seinen Erfolg mit einem schalen Krächzen. Wahrscheinlich hätte *Artepitheton monedula*, so ihr altlateinscher Name, das funkelnde Metallstück gerne für sich beansprucht; wurde den Vögel doch seit Cicero nachgesagt, dass sie sich für Goldmünzen und Wertgegenstände begeistern konnten. Doch natürlich überließ Jan de Vries seinen Schatz nicht dem gefiederten Freund ... dafür war er viel zu wertvoll für ihn und seine Ermittlungen.

Er trat an die Tür und steckte vorsichtig den Schlüssel ins Schloss, während sein Kollegen noch immer *waakzaam en dienstbaar* am *Veerhaven* von *Texel* auf den mutmaßlichen Täter lauerte ...

***

Seine Finger krampften sich mit so kräftigem Druck um das Lenkrad des mittlerweile in die Jahre gekommen BMW, dass die Knöchel seiner Hände weiß hervor tragen.

Er musste von dieser verdammten Insel runter. Jetzt! Und das so schnell wie irgend möglich.

Er hatte zunächst die Idee gehabt, die Insel mit einem Ausflugsschiff der *Rederij De Vriendschap* zu verlassen und von *De Cocksdorp* auf die wesentlich kleinere Nachbarinsel Vlieland nach *Vliehors* zu flüchten. Von dort aus wäre er dann mit dem *Vliehors Express* über die größte Sandfläche von Nordwesteuropa zum *Het Posthuys*, dem alten Posthaus, einem beliebten Ausflugslokal gefahren und wäre von dort aus über den Hafen Oost-Vlieland in Richtung *Terschelling* oder *Harlingen* abgehauen.

Doch der Fahrplan der privat geführten Fährgesellschaft hatte ihm an diesem Tag einen Strich durch die Rechnung gemacht; zu dieser Tageszeit legte kein Schiff mehr ab. Also hatte er sich notgedrungen auf den Weg zum *Veerhaven* gemacht; im Gepäck die Hoffnung, dass man ihm noch nicht auf die Schliche beziehungsweise auf die Spur gekommen war. Die Chancen dafür standen seiner Meinung nach nicht schlecht. Er hatte sich gerade auf dem Weg gemacht, da war auch schon der vierradgetriebene Geländewagen des riesigen blonden Polizisten in den Weg in Richtung ihres Chalets eingebogen.

Er hatte einmal Glück gehabt, warum sollte er es nicht auch ein zweites Mal haben?

Frank Leibner hatte ihm, kurz bevor die Polizisten an ihre Tür geklopft hatten, das heilige Versprechen abgenommen, dass er verschwinden und nicht zurückkommen würde, um sich zu stellen.

„Ich trage deine Last, nehme die Schuld auf mich", hatte er gesagt und ihn in den Arm genommen. „Wie heißt es im Brief der Galater? *Einer trage des anderen Last, so werdet ihr das Gesetz Christi – und das ist das Gesetz der Liebe – erfüllen*. So wird es der Vater für seinen Sohn tun."

Er hatte geweint. Dann hatte er sich gefügt und seine Sachen gepackt.

Mit jedem Meter, den er sich dem Hafen näherte, steigerte sich seine Anspannung. Am liebsten wäre er abgebogen, hätte gewendet und sich in sein Bett zurückgezogen. Doch es gab kein zurück.

Vor ihm lag die Freiheit, hinter ihm wartete der Kommissar und das Gefängnis auf ihn.

***

Die Frage, die Jan de Vries die ganze Zeit über nicht losgelassen hatte, lautete: Wie konnte ein so unsportlicher und kleingewachsener Typ wie Frank Leibner, einen durchtrainierten und einen sich in einer augenscheinlich körperlich überlegenen Konstitution befindlichen Mann überwältigen und so zurichten? Die einzige Möglichkeit war ein Überraschungsangriff.

Doch nichts am Tatort und oder an der Leiche von Gerd Janssen deutete auch nur minimal auf eine vergleichbare Aktion hin. Blieb also nur die Schlussfolgerung, dass Frank Leibner möglicherweise gar nicht der Täter war. Er hatte zwar gestanden, doch irgendwas stimmte an der Geschichte nicht. Er hatte ausgesagt, dass er mehrfach auf Janssen eingeschlagen hatte, die Untersuchung der Leiche hatte aber ergeben, dass es lediglich einen einzigen Schlag auf den Kopf gegeben hatte, der schließlich zum Tod des Jägers geführt hatte. Diese Schilderung, diese auf den ersten Blick vielleicht nur kleine Ungereimtheit, passte einfach nicht ins Bild.

Also drehte sich nun alles nur noch um die eine, entscheidende Frage: Wen deckte Frank Leibner, wen versuchte er zu schützen? Irgendwer musste noch mit ihm auf der Insel gewesen sein; der mutmaßliche Täter. Und wer konnte das sein? Es gibt nur wenige Menschen, für die man einen Mord gestehen, ins Gefängnis gehen würde.

Der *Hoofdinspecteur* hatte einen Verdacht und hoffte nun hier im Chalet der Leibners eine Bestätigung für seine Vermutung zu finden ...

Jan de Vries schaute sich weiter im Mobilheim um. Der Kegel seiner metallenen schwarz mattierten Taschenlampe durchschnitt das Dunkel, wanderte umher und vertrieb die Nacht aus den Zimmern. Es sah fast so aus, beziehungsweise fühlte sich an, als ob noch vor wenigen Minuten jemand hier gewesen wäre. Für den Kommissar war es, als ob er die ehemaligen Bewohner fast noch körperlich spüren könnte. Er öffnete den Kühlschrank, untersuchte den Mülleimer, die Küche und die einzelnen Räumlichkeiten. Der Duft nach Ravioli lag in der Luft und vermischte sich mit dem typischen Geruch eines Wohnwagens.

Vorsichtig legte er die Hand auf eine der Herdplatten. Sie war noch lauwarm. Er schlich weiter. In einem der beiden Schlafzimmer wurde er schließlich fündig. Ein Bild auf dem linken Nachttisch des ungemachten Doppelbettes zeigte ein fast identisches Szenario, das er erst vor Kurzem in der Innenstadt von *Den Burg* beobachtet hatte. In einem Lächeln vereint blickte die gesamte Familie Leibner strahlend und augenscheinlich sehr glücklich in die Kamera. Ein Hund vervollkommnete das Familienglück. Ein kräftiger, sportlich wirkender junger Mann überragte die Leibners um mehr als einen Kopf. An der Wand weitere Bilder von ihm in unterschiedlichen Posen in Sportkleidung. Daneben eine Ehrenurkunde, unterschrieben vom Bundespräsidenten der Bundesrepublik Deutschland:

*Ich gratuliere Timo Leibner hiermit herzlichst zur Erlangung des Deutschen Sportabzeichens, erworben im Rahmen der Bundesjugendspiele 2014!*

De Vries Miene hellte sich auf. Sie hatten ein Gesicht, sie hatten einen Namen. Er legte seine Taschenlampe auf eine weiße Kommode, kramte sein Handy hervor, machte ein Foto von der Familie, wobei er den Jüngling in den Fokus nahm und sendete es an seinen Kollegen, der am Hafen die abreisewilligen Passagiere kontrollierte.

Dann machte er sich ebenfalls auf den Weg dorthin.

***

Etwa zur gleichen Zeit erblickte Theo van Duivenbode den weißen BMW mit dem amtlichen Kennzeichen OL FL 181. Und er hatte Glück. Wider Erwarten konnte er, trotz der Dunkelheit, denn der Fahrer hatte die Innenbeleuchtung eingeschaltet und suchte augenscheinlich etwas auf dem Beifahrersitz, die Umrisse eines jungen Mannes hinter dem Steuer erkennen, der dem Foto das ihm Jan de Vries vor wenigen Sekunden übersendet hatte, bis aufs Haar ähnelte und der Frank Leibner wie aus dem Gesicht geschnitten war ...

Er kramte sein Mobiltelefon hervor und tippte mit flinken Finger, ohne sein Ziel aus den Augen zu lassen eine Kurznachricht: *Er ist hier!* Der Polizist drückte auf Senden und steckte das Telefon zurück in die oberste linke Brusttasche seiner Jacke.

Dann machte er sich bereit, zog seine Dienstwaffe und entsicherte sie.

***

*Ich bin auf der Fähre! Ich bin entkommen. Nur noch 20 Minuten und ich bin endlich von dieser verfluchten Insel runter, bin endlich auf dem Festland.*

Er konnte sein Glück gar nicht richtig fassen. Sein Herz machte einen Sprung und kam vor Freude fast aus dem Rhythmus. Er hatte es tatsächlich geschafft – er war auf der Fähre nach *Den Helder*. In Sicherheit. Zumindest so gut wie in Sicherheit.

Die Lichter eines schwarzen Volvo Kombis vor ihm erstarben. Die Türen gingen auf und spuckten eine Großfamilie, bestehend aus Vater, Mutter, zwei Kindern und einem Dackel, auf das nur mäßig gefüllte Parkdeck.

Er sah sich um. Wo sich sonst Auto an Auto drängte, warteten jetzt vielleicht gerade mal vierzig oder fünfzig PKW, zwei Wohnmobile und ein Transporter einer *sanitair bedrijf* auf die Überfahrt nach *Den Helder*.

*Verboden te roken ook in de auto* stand in übergroßen, mächtigen schwarzen Lettern über dem Bugtor der Fähre und erinnerte die Raucher an das hier überall herrschende Rauchverbot.

Er zog die Handbremse an, legte der ersten Gang ein, zog den Schlüssel ab und atmete erleichtert aus. Zum Glück brauchte man für die Rückfahrt von *Texel* ans Festland keine extra Fahrkarte zu kaufen; sie war bereits mit Buchung der Hinfahrt abgegolten beziehungsweise bezahlt worden. Eine clevere wie kosteneffiziente Lösung. So sparte sich die niederländische Fährschiffgesellschaft einiges an Verwaltungskosten; die Reisenden sparten Zeit und Mühe, entfiel doch das lästige Schlange stehen nach einer neuen Fahrkarte und das Hantieren mit Bargeld. Man konnte sich direkt in einer der zu dem Schiff führenden Spuren einordnen und, so wie Timo Leibner, mit etwas Glück sogar direkt durch auf das Schiff durchfahren.

Für einen kurzen Moment hatte ihn die Panik befallen, als er neben dem Gebäude, in dem das Restaurant und der Fahrradverleih beheimatet waren, einen Polizeiwagen hatte stehen sehen. Doch dieser war leer gewesen. Zum Glück.

In wenigen Minuten würde das Schiff der TESO-Line ablegen und ihn in Sicherheit, aufs Festland, bringen. Auf direktem Wege würde er nach Oldenburg zurückfahren, erstmal raus aus Holland, raus auf deutsches Staatsgebiet – zu seiner Mutter, die letzte Woche nicht mitgekommen war, weil sie ihre erkrankte Mutter, seine Oma nicht alleine zuhause lassen wollte.

Zusammen würden sie sich etwas einfallen lassen, würden versuchen, Frank Leibner aus dem Gefängnis frei zu bekommen ...

Hoffnung. Warten. Bangen. Eine dumpfe und eher blechern als durchdringend klingende Lautsprecherdurchsage forderte die Passagiere auf, umgehend das Parkdeck zu verlassen und sich in die höhergelegenen Räumlichkeiten zu begeben. Er griff nach seinem Rucksack, den er auf dem Beifahrersitz platziert hatte. Er musste pinkeln. Außerdem rumorten die Ravioli in seinem Magen. Das Fleischermesser, er wusste gar nicht genau warum und wofür er es eigentlich mitgenommen hatte, verstaute er unter dem Sitz.

Als er wieder hochkam, legte sich plötzlich ein dunkler Schatten über die Szenerie und ein unvertraut klingendes Geräusch von Metall auf Glas ließ ihn zusammenzucken.

„Leibner! ... *Rustig blijven*. Ganz ruhig, mein Lieber! *Of je gaat er zo aan*. Oder dein letztes Stündlein hat geschlagen."

Theo van Duivenbode hatte sich unbemerkt von dem jungen Deutschen von hinten an das parkende Auto angeschlichen. Breitbeinig hatte er sich neben der Fahrertür aufgebaut; der Lauf seiner Waffe zielte durch das Glas auf den Kopf von Timo Leibner. Es gab kein Entkommen.

*Verdammt! Erwischt!* Gedanken rasten ihm durch den Kopf, er wog Möglichkeiten gegen Chancen ab, hatte die Hoffnung, doch noch zu entkommen, noch nicht ganz aufgegeben.

Er dachte für den Bruchteil einer Sekunde daran, sich auf den Beifahrersitz zu werfen und das Messer zu schnappen, das er kurz zuvor drunter deponiert hatte. Doch Gott sei Dank wurde ihm schnell klar, dass das wenig bringen würde. Ganz im Gegenteil. Ein dämlicher Spruch aus seiner frühen Jugend kam ihm in den Sinn, den ein Lehrer mal zu ihm nach einer schmerzlich überstanden Schulhofschlägerei gesagt hatte, die nicht gut für ihn ausgegangen war: *Geh niemals mit einem Messer zu einer Schießerei.*

Er schüttelte den Kopf. Was war nur mit ihm los? Warum ging ihm ausgerechnet gerade jetzt dieser blödsinnige Spruch durch den Schädel?

„Leibner! Die Hände da wo ich sie sehen kann! Sofort!“

Er sackte in sich zusammen, ließ die Schultern hängen und legte die Hände gut sichtbar für den Polizisten auf das Steuer des BMW.

Das Glück schien ihn nun endgültig verlassen zu haben ...

***

Während Frank Leibner noch immer in seiner Zelle darauf wartete, nach *Den Helder* überführt und dem Haftrichter vorgestellt zu werden, befanden sich Jan de Vries und sein Kollege Theo van Duivenbode im Zimmer nebenan.

Ein großgewachsener junger Mann war bei ihnen - Timo Leibner. Den Blick auf den Boden gerichtet, saß er auf einem metallenen Stuhl, der vor einem ebenfalls aus Metall bestehenden Tisch stand.

Das *Politiebureau* am *Pontsweg 104* war um einiges größer und wesentlich moderner eingerichtet als sein Büro auf *Ameland*. Das war unter anderem dem geschuldet, dass *Texel* insgesamt größer war, erheblich mehr Einwohner und Touristen zu verzeichnen und zu versorgen hatte und deswegen in dem vor einigen Jahren neu errichteten Leitstelle auch die *Brandweer* und die *Ambulance* der Insel beheimatet war. Er hätte sich auf seiner Heimatinsel auch so einen Verhörraum gewünscht; auch wenn er ihn dort bisher nie wirklich gebracht hatte.

Der etwa vier mal fünf Meter messende Raum wirkte auf den ersten Blick so, als ob er einer typisch amerikanischen Krimiserie entsprungen wäre. Nur der obligatorische von hinten durchsichtige Spiegel mit dahinter liegendem Nebenraum, fehlte. Die in der oberen rechten Ecke montierte Kamera fehlte nicht. Ein leuchtend rotes LED-Lämpchen signalisierte dem wachsamen Beobachter, dass sie bereit war, ihre Arbeit zu verrichteten. Das auf dem Tisch montierte Schwanenhals-Mikrofon war es ebenfalls. Diesmal fehlte die Box mit den

Taschentüchern. Hier und jetzt erwarteten sie keine große Show. Alles andere als ein nüchternes und ehrliches Schuldeingeständnis wäre eine Überraschung gewesen.

Jan de Vries hatte sich, einen Fuß auf dem Boden, keine zehn Zentimeter entfernt, direkt vor Timo Leibner auf die Tischkante gesetzt. Mitten in seinen persönlichen, den „intimen" Bereich des mutmaßlichen Täters.

Jede Verhörtechnik, so auch das offensive Eindringen in die körperliche Distanzzone verfolgt das Ziel, den Häftling aus seiner „Komfortzone" herauszuholen, ihn sich unwohl und unsicher fühlen zu lassen, ihn also schnellstmöglich aus jener psychologischen Verfassung, in der er sich sicher und im Recht fühlt, heraus zu zwingen.

De Vries setze auch dies Mal auf die nicht unumstrittene Reid-Methode. Bei dieser von dem irischstämmigen Polizisten John E. Reid entwickelten Verhörtechnik handelt es sich um eine geschickte Kombination von verschiedenen psychologischen Techniken mit dem Ziel, ein Geständnis zu erlangen; wissenschaftliche Arbeiten berichten über Erfolgsraten von bis zu 85 Prozent.

Theo van Duivenbode hatte aus dramaturgischen Gründen an der Tür Position bezogen und wartete, mit grimmigen Blick und mit vor der Brust verschränkten Armen auf die Dinge, die da kommen würden.

„Möchtest du etwas trinken?", eröffnete de Vries das Verhör.

Verwirrung. Ein kurzer fragender Blick. Ein Stirnrunzeln. Damit hatte er nun ganz und gar nicht gerechnet. Er ermahnte sich zur Vorsicht und zog sich erneut in sich zurück. Timo Leibner langsam den Kopf, hielt den Kopf aber weiter gesenkt, starrte stumm auf seine Turnschuhe und vermied so jeglichen Blickkontakt und versuchte, jede andere Art der verbalen und nonverbalen Kommunikation zu vermeiden.

Doch genau dieses Verhalten war es, das dem erfahrenen Ermittler mehr über sein junges Gegenüber verriet, als dem lieb sein konnte. Das Ganze hier würde nicht allzu lange dauern. Er wusste bereits, was er wissen musste, auch ohne ein Wort des jungen Mannes. Jetzt galt es nur noch abzuwarten, die richtigen Fragen zu stellen, dann würden die gewünschten Antworten, die Wahrheit, nicht lange auf sich warten lassen.

De Vries überlegte kurz, wie er nun vorgehen sollte. Zwei Phasen, neun Stufen, sah die Reid-Technik in der Spitze vor. Er war sich sicher, bei Timo Leibner würde er sie nicht brauchen ... maximal die zweite oder dritte Stufe der zweiten Phase würde genügen, dann würde Timo Leibner gestehen.

Scheinbar nachdenklich und ausgesprochen langsam erhob er sich und spazierte in kleinen Kreisen durch den etwa fünfzehn oder zwanzig Quadratmeter großen Raum. Wie ein Hai, der seine Beute umkreiste, zog er seine Bahnen; erst weit und weiter, dann immer enger und enger um den jungen Oldenburger herum. Stets bereit zuzuschlagen, distanziert genug, um sein Opfer in Sicherheit zu wiegen. Und Timo Leibner fiel darauf herein. Er folgte ihm aus dem Augenwinkel mit den Augen, sein Blick aber immer noch zu Boden gerichtet.

Der *Hoofdinspecteur* hatte Zeit, nahm sich Zeit …

Jan de Vries war gerade erneut fast ganz am anderen Ende des Zimmers angekommen, als er plötzlich mit einer so hohen Geschwindigkeit auf ihn zugeschossen kam, die er dem sicherlich einhundertzwanzig Kilo wiegenden Polizisten, nie zugetraut hätte. Selbst Theo van Duivenbode fuhr unvermittelt zusammen. Auch er hatte sich von der ruhigen und einschläfernden Art des Kommissars einlullen lassen; auch er hatte nicht mit diesem spontanen Ausbruch gerechnet. Mit weit aufgerissenen Augen verfolgte er nun, was jetzt passierte.

Keine fünf Zentimeter entfernt vor Timo Leibner kam der Ermittler zum Stehen und schrie ihm in voller Lautstärke an. Weißliche Spuckeflocken flogen durch den Raum und landeten im Gesicht des Verdächtigen. Mit der flachen Hand schlug er so heftig auf den am Boden verschraubten Metalltisch, dass der drohte, aus seiner Verankerung gerissen zu werden. Es schepperte, als wären zwei Autos in einen Frontal-zusammenstoß verwickelt worden.

„Du hast Gerd Janssen erschlagen! Er hat deinen Hund getötet und du hast ihn erschlagen! Leugnen ist zwecklos. Wir haben deine Fingerabdrücke auf der Tatwaffe gefunden! Gib es zu!"

Tränen schossen Timo Leibner in die Augen. Erschrocken drehte er den Kopf weg, versuchte die Hände schützend vors Gesicht zu bringen. „Ich ... ich ... habe ... nichts ...", versuchte er verzweifelt eine Entgegnung, die von Jan de Vries gleich in einem weiteren Schwall wüster Vorwürfe erstickt wurde:

„*Da´s kloten!* Erzähl mir keinen Scheiß! *Dit loopt verkeerd af. Dacht het niet!* Vergiss es. Ich glaube dir nicht!"

Ihre Nasen berührten sich jetzt fast. Der Kommissar konnte seine Angst förmlich riechen. Es wunderte ihn, dass sich Timo Leibern nicht in die Hose gemacht hatte, so furchterregend und angsteinflößend spielte Jan de Vries den bösen Bullen. Oder spielte er vielleicht gar nicht? Theo van Duivenbode war sich da streckenweise gar nicht mehr so sicher. Das, was sich hier abspielte, war mehr als grenzwertig, ... aber wohl notwendig. Schließlich hatten sie es mit einem Mörder zu tun. Einem jungen Mann, der einen anderen Menschen auf brutalste Art und Weise getötet hatte ...

„Du willst also deinen Vater für deine Tat büßen lassen und zusehen wie er ins Gefängnis geht?!" Er zog sich ein Stück zurück, gab dem

Oldenburger etwas Luft zum Atmen, gab ihm die Möglichkeit nachzudenken ... abzuwägen. Eine Entscheidung zu treffen ...

Der *Wijkagent* hatte die Luft angehalten. Jetzt kam das Verhör in die heiße Phase. Er konnte es ganz deutlich spüren. Ein Geständnis lag in der Luft ... er trat einen Schritt vor, gerade so viel, dass er im Sichtfeld des jungen Mannes auftauchte. Er folgte seinem Instinkt. Seine Aktion passte. Wie bei einem einstudierten Ballett zog sich Jan de Vries ein weiteres Stück zurück; in den hinteren Teil des Zimmers ...

„Mach es dir nicht so schwer Junge. Du hast das alles doch nicht gewollt, oder?“

Theo van Duivenbode sprach mit leiser, beruhigender Stimme. Er versuchte zu dem Jungen vorzudringen. Es ging hier nicht um das Spiel guter Bulle, böser Bulle. Es ging um die Wahrheit – und um Erbarmen.

Timo Leibner schluchzte. Seine Schultern bebten. Der Polizist legte ihm die Hand auf die Schulter.

„Rede es dir von der Seele. Lass los. Es wird dir danach besser gehen. Versprochen!“

Kurzes Zögern. Er wischte sich mit dem Ärmel über die Nase und den Mund. Durchatmen, ein finaler tränenverschmierter Blick voller Hoffnung – und Timo Leibner fing endlich an zu reden ...

## EPILOG

*Waakzaam en dienstbaar. Waakzaam en dienstbaar. Wachsam und dienstbar.*

Keine zweiundsiebzig Stunden waren seit seiner Alarmierung vergangen, der Mord an Gerd Janssen aufgeklärt und der Täter in Gewahrsam.

Jan de Vries stand oben an Deck auf der Fähre Richtung Festland und blickte auf das weite Meer hinaus. Die Küstenlinie von Texel verschwand langsam am Horizont. Die Sonne tat es der Insel nach. Wieder neigte sich ein Tag dem Ende entgegen, heute war es ein guter gewesen. Sie hatten einen Mörder dingfest gemacht. Noch besser hätte der Tag nur sein können, wäre erst gar kein Mord passiert. Doch das würde wohl ein frommer und ungehörter Wunsch bleiben. So lange es auf dieser Erde Menschen gab, würde auch Mord und Totschlag auf dieser Welt geben. Davon war Jan de Vries überzeugt.

Unten, tief im Bauch des circa 3.140 Autos und 1.750 Menschen fassenden Schiffes, in einer verschlossenen Kabine, warteten Vater und Sohn Leibner auf die Kollegen der *Polite National* von *Den Helder*, die sie schon in etwa einer Stunde dem dortigen Haftrichter vorführen würden.

Es würde zwei Anklagen geben. Eine wegen Totschlag oder Mord und eine weitere wegen Beihilfe zum Mord, Falschaussage und Behinderung der Justiz; beides keine Kavaliersdelikte. Mit etwas Glück würde Frank Leibner mit einer milden Bewährungsstrafe davonkommen. Vielleicht. Möglicherweise aber auch nicht. Das hatten die Richter zu entscheiden. Fest stand: Timo Leibner würde es härter treffen.

Wie prophezeit, hatte es tatsächlich nicht sehr lange gedauert und der junge Mann war schon nach kurzer Zeit unter dem Druck zusammengebrochen, hatte gestanden. Nicht sein Vater, sondern er hatte Gerd Janssen getötet. Ein Fax aus der Rechtsmedizin von *Den Helder* hatte das längst auch wissenschaftlich untermauert. Der Fingerabdruck von Timo Leibner passte zu dem, den sie auf der Tatwaffe hatten sicherstellen können; ein unwiderlegbarer Beweis. Doch das Geständnis war das letzte Puzzle-Teilchen gewesen.

Unter Tränen hatte er sich alles von der Seele geredet:

"Ich konnte nichts dagegen tun, als ich das Schwein gesehen habe, bin ich einfach durchgedreht. Dieses Arschloch hat unseren Hund erschossen. Ich sehe noch jeden Abend sein mieses Grinsen vor mir, als er damals aus dem Gerichtssaal hinausspaziert ist und mir unverhohlen zugezwinkert hat."

Was blieb? Jan de Vries hätte zufrieden sein können. Er und van Duivenbode hatten sehr gute Arbeit geleistet, auch wenn sie einen kleinen Umweg gegangen waren, kurz fehlgeleitet wurden. Doch irgendwie blieb für ihn bei der ganzen Sache ein bitterer Beigeschmack. Ein Mord war nicht zu entschuldigen, auch wenn er das Motiv und die Wut des Jungen gut nachvollziehen konnte. Doch …

Er selber hatte als Kind einmal einen seiner Mitschüler krankenhausreif geprügelt und einen Schulverweis dafür bekommen, weil dieser einen Hund gequält hatte. Und auch der Versuch des Vaters, sein Kind zu schützen und die Schuld auf sich zunehmen war für ihn mehr als nachvollziehbar. Er hätte sehr wahrscheinlich nicht anders gehandelt, wäre er in einer vergleichbaren Situation gewesen. Doch Recht musste Recht bleiben.

Timo Leibner hatte ein Leben genommen, einen Menschen getötet und versucht die Tat zu vertuschen. Trotz allem blieb für den Kommissar bei diesem Fall irgendwie ein fader Beigeschmack zurück. Auf eine unbestimmte, fast schon perfide Art konnte er den jungen Mann sehr gut verstehen. Sein Herz schlug für Timo Leibner. Sein Verstand sah in ihm einen Killer. Er hoffte inständig, dass er in seinem Leben nie in eine ähnliche Situation kommen würde. Selbstjustiz konnte, durfte niemals die Lösung sein. Das hatte er im blutigen Fall des Kinderschänders Gerd Brendigs schon einmal bitter erfahren müssen. Doch …

Ein altes Sprichwort kam ihm in den Kopf:
*Jeder büßt seine eigene Schuld;*
*Reinheit, Unreinheit sind für sich,*
*keiner reinigt den andern.*

Er kramte in den Tiefen seines Gehirns. Wenn er sich richtig erinnerte, hatte Buddha das gesagt. Eine dumpfe Lautsprecheransage riss ihn aus seinen Gedanken, sie forderte die Passagiere auf, sich zu ihren Autos zu begeben, in wenigen Minuten würde man das Festland erreichen.

Ein letzter Blick auf die See. Sein Blick folgte einer Möwe bei ihrem Spiel mit dem Wind.

Und immer noch tanzten Schaumkronen auf den Wellen ihren nie enden wollender Kreislauf von Leben und Tod. Er hoffte inständig, dass ihn der Ruf des Todes nun nicht so bald wieder erreichen, ihm eine Atempause gönnen würde. Er wandte sich um und ging in Richtung Parkdeck. Als er das Schott erreichte, das das Passagier- vom Autodeck trennte, klingelte sein Mobiltelefon. Er schaute auf das Display. Als er die Nummer erkannte, die auf dem Display angezeigt wurde, wusste er, dass ihm dieser stumme Wunsch versagt bleiben würde.

Er wischte über den Bildschirm, um den Anruf entgegen zu nehmen.

„Jan de Vries. Was gibt es?"

„Wir haben einen Leichenfund auf Terschelling. Machen Sie sich unverzüglich auf den Weg."

**ENDE**

**LESEPROBE** (Erscheinungstermin: Herbst 2018)

## TOD AUF TERSCHELLING
## DE ROBBENJAGER

## (Inselkrimi)

*Der Tod zeigt sein hässliches Gesicht auch an schönen Tagen,* dachte *Hoofdinspecteur* Jan de Vries und ließ seinen Blick über den zu dieser Zeit fast menschenleeren Strand streifen.

Das Wetter zeigte sich heute von seiner besten Seite. Die Sonne schickte ihre letzten wärmenden Strahlen auf das niederländische, zwischen *Vlieland* und *Ameland* gelegene Eiland hinab. Eine seichte Brise strich übers Meer in Richtung der Dünen. In weniger als zwei Stunden würde es dunkel werden.

Er sog die salzige Luft tief in seine Lungen und bog sein Kreuz durch. Sein Rücken schmerzte. Ein deutliches Signal dafür, dass sein Körper ihm signalisierte, dass es eigentlich genug für heute war. Mehr würde er nicht ertragen ... , aber wohl müssen. Doch danach fragte hier niemand. Jan de Vries musste tun, was getan werden musste. Als Spezialist für Todesfälle auf den friesischen Inseln hatte man ihn vor Kurzem hierher beordert.

Noch vor wenigen Stunden hatte er sich auf der Fähre von *Texel* nach *Den Helder* befunden als unerwartet plötzlich sein Handy geklingelt hatte;

seine Dienststelle hatte einen neuen Auftrag für ihn.

Nachdem er auf der Insel einen Mord an einem deutschen Urlauber aufgeklärt hatte, hatte er sich auf ein paar erholsame Stunden in seiner Dienstwohnung in der nördlichsten Hafenstadt der Provinz Nordholland gefreut. Sein Freund und Kollege, der Rechtsmediziner Jan van Helsing, hatte bereit einen Tisch in einem der angesagten neuen Restaurants im Hafenviertel von *Den Helder* reserviert. Der Kommissar hatte sich auf einen saftigen Lamm-Burger gefreut und auf das ein oder andere leckere *Helderse Triple;* eines der hier gebrauten Biere. Doch Fehlanzeige. Der Tod hatte ihm mal wieder einen Strich durch die Rechnung gemacht und seine Abendplanung hinfällig werden lassen.

Das Leben spielte doch ein merkwürdiges Spiel. Statt in einem gemütlichen Restaurant zu sitzen, war er nun hier und blickte erneut dem Tod in seine trüben Augen.

Diesmal war es der grausam zugerichtete Leichnam einer jungen Frau, er schätze sie auf den ersten Blick auf höchstens Anfang bis Mitte zwanzig, der ihm heute Nacht und in vielen folgende Nächte den Schlaf rauben, ihn verfolgen und sich unruhig hin und her wälzen lassen würde. Der Leichnam bildete einen traurigen Rekord. Dieser Anblick hier war mit nichts zu vergleichen, was er in seiner bisherigen Karriere als Polizist hatte erleiden müssen.

Den Anblick von Blut, verwesendem Fleisch oder sinnloser Zerstörung war er mittlerweile fast schon gewöhnt, doch das was sich ihm hier darbot war nicht in Worte zu fassen.

*Sie musste einmal eine Schönheit gewesen sein. Gewesen sein. Gewesen sein. Gewesen sein,* hallten die Gedanken durch seinen Kopf und erzeugten ein Karussell des Grauens vor seinem inneren Auge.

Er wandte sich ab, konnte dem Gesehenen aber nicht mehr entrinnen. Für immer gespeichert in seinem fotografischen Gedächtnis würde er sie nie wieder vergessen.

Ihr Körper war ... war ... regelrecht zerstückelt worden, sah aus, als ob sie in einen Häcksler oder etwas Ähnliches gekommen und einfach in Stücke gerissen worden war. Das Bild von einem Körper, der sich in einer Schiffsschraube verfangen hatte und langsam aber sicher zerfleischt wurde, stieg vor seinem inneren Auge auf und verfing sich in seinen geschlauchten Gehirnwindungen: Weiches, zartes, junges Fleisch, das dem kalten Stahl nicht gewachsen war. Ein nautischer Fleischwolf. Zerstörung. Tod.

Er kannte den Anblick von durch Schiffsschrauben zerstückelten Walen, die regelmäßig an die Strände der *Nederlandse Waddeneilanden*, den sogenannten Wattinseln, immer wieder mal angeschwemmt wurden, seit seiner Kindheit. Als Inselkind gewöhnte man sich daran. An tote Wale ja, aber an einen zerstückelten Frauenkörper – niemals.

Was war hier geschehen? Ein Unfall? Ein Bade- oder Bootsunfall vielleicht? Möglicherweise, nein hoffentlich, war es einfach nur ein Unfall gewesen. Die Alternative? Der blanke Horror. Leugnen. Verleugnen. Verdrängen. Die Wahrheit nicht in den Bereich des Möglichen gelangen lassen. Doch die Fakten waren eindeutig, die Indizien unwiderlegbar. Mord!

Sein immer arbeitender Verstand weigerte sich zu akzeptieren, was sich ihm hier am Strand unmissverständlich und nachdrücklich präsentierte. Das war kein tragischer Unfall gewesen. Es war Mord. Ein Mord, so bestialisch, so unmenschlich so brutal ... wie er es noch nie zuvor gesehen hatte. Sein Verstand hatte es leugnen wollen, hätte lieber einen tragischen Todesfall konstruieren wollen ... wäre da nicht dieses eine, dieses eine verflixte, unwiderrufliche, teuflische Detail gewesen, dass alles andere als ein scheußliches Verbrechen ausschloss.

Er wandte seinen Blick endgültig von dem Körper des Mädchens ab, ließ sich Zeit, wollte dem Unvermeidbare keine Aufmerksamkeit zuzuwenden. Weigerte sich. Überwand sich. Blickte dem Leibhaftigen in die Augen. Sah dem jungen Mann in die Augen. Sah ihn an. Sah das Blut. Sah den nackten Körper. Sah das Messer. Sah die Hände des Mannes. Sah ihm in die Augen. Leere. Sah nichts. Was um Gottes Willen war hier geschehen? Sein Blick verfing sich an einem Kruzifix am Hals des Mannes. Das Kreuz. Christus. Gottes Wille. Die Frau. Was hatte das alles mit Gott zu tun? Nichts! Wenn es einen Gott gab, konnte, nein, durfte das alles nicht wahr sein. Das Mädchen, das Blut, der Junge, das Blut.

Warum war er hier? Warum hatte man ihn gerufen? Die Leiche. Der Täter. Die Tatwaffe. Sie hat alles zusammen, was für den Fall wichtig sein könnte. Die Leiche. Die Tatwaffe. Den Täter?! Warum hatte man ihm diesen Anblick nicht erspart? Welch grausamer Wink des Schicksals hatte ihn hierher verschlagen?

Er wandte sich ab und blickte hinaus auf das Meer. Versuchte seine Seele durch einen Blick in die Unendlichkeit des Ozeans zu reinigen, versuchte das Grauen durch das zu ersetzen, was ihm immer schon Frieden und Ruhe geschenkt hatte – die unendliche Weite des Ozeans.

Er versuchte es. Er versucht es von ganzem Herzen. Doch der Versuch misslang kläglich.

Eine Möwe kreischte über ihm. Sein Blick wanderte nach oben, versuchte den Vogel mit den Augen einzufangen. Er wünschte sich mit ihm davon fliegen zu können. Einfach nur weg. Er ging ein paar Schritte; taumelte und musste sich an einem der Markierungspfähle, die in regelmäßigen Abständen den Strand vermaßen, festhalten um nicht zu straucheln.

Ein weiteres Kreischen riss ihn zurück in die ungeliebte Wirklichkeit. Sein Blick fing etwas Schwarzes ein. Ein gigantischer Kolkrabe war neben ihm gelandet. Der Bote des Todes macht ihm seine Aufwartung. Jan de Vries begrüßte ihn mit einem schiefen Grinsen:

„Sei gegrüßt *Corvus corax*. Du willst mich also aufs Neue herausfordern?"

Er schnaufte und straffte sich. Der Rabe schaute ihm mit schiefgelegtem Kopf an und krächzte. De Vries nickte stumm, sog einen kräftigen Zug Meeresluft in seine Lungen, sein Brustkorb weitete sich, er straffte den Rücken, baute sich vor dem Vogel zu seiner vollen Größe von fast zwei Metern auf und sagte:

„*De een z'n dood, is een ander z'n brood* - des einen Tod ist des anderen Brot."

## Anmerkung und Danksagung

Alles ist wahr. Nichts ist wahr. Die eigentliche Handlung und fast alle Akteure sind frei erfunden. In diesem Band sind jedoch reale Ereignisse und real existierende Personen sehr eng mit der Geschichte verwoben. Nichtsdestotrotz bleibt dies ein Roman, der unterhalten soll.

Die Orte gibt es selbstverständlich genauso, wie sie hier beschrieben sind. Ich habe mich bestmöglich bemüht, geschichtliche Zusammenhänge richtig darzustellen. Ich hoffe, es ist mir gelungen.

Ich danke meinen Eltern, dem tapferen Kommissar Jan de Vries, Theo van Duivenbode, Werner Vollmers, Anke Frerichs und Enno Melchert so wie meinem Stern Marlies, die mich zu einem besseren Menschen gemacht hat und es immer noch tut – und tolle Buchcover entwirft. Kussi! Möge sie durch den Erfolg meiner Bücher möglichst bald zur Vollzeit-Autorenfrau werden!

Außerdem danke ich Texel, für mich einer der schönsten Orte der Welt!

Mein abschließender Dank geht natürlich an jede/n einzelne/n Leser oder Leserin, die dieses Buch gekauft haben, denn für sie macht man das Ganze ja schließlich. Ich freue mich, den einen oder anderen einmal persönlich auf einer meiner Lesungen kennenzulernen und freue mich immer über ein Feedback per E-Mail an info@axelberger.com oder über Facebook.

Axel Berger, 2018

**Und hier noch eine Leseempfehlung für alle Liebhaber(innen) von Küsten-, Insel- und Liebesromanen und diejenigen, die mehr über die Schwester von *Hoofdinspecteur* Jan de Vries erfahren möchten:**

Annie, so schreibt das Leben! (Schuld & Düne) von Marlies König

*Dieser Inselroman bietet alles, was das Herz begehrt: große Gefühle, Spannung, Intrigen, eine ordentliche Prise Urlaubsfeeling und … Meer!*

**Bisher vom Autor erschienen:**

1. DER FALLENSTELLER (Krimi)

2. DER GRABRÄUBER (Krimi)

3. DER EINDRINGLING (Krimi)

4. DER TODESBOTE (Krimi)

5. TOD AUF AMELAND (Kurzkrimi, ca. 3.572 Wörter, nur als eBook)

6. TOD AUF TEXEL (Krimi)

7. LILLY PUTPUT und die Reise nach Anderland (KINDERBUCH)

8. DIE TOTE IM PARK (Kurzkrimi, 10.200 Wörter, nur als eBook)

9. DER BRENNENDE HAMSTER (Sachbuch)

Die Bücher sind teilweise auch als Print-Version im Oldenburger „Schardt Verlag“, das Sachbuch im „CAMPUS Verlag“ erschienen und können im Buchhandel, beim Autor direkt oder online bestellt werden.

Printed in Poland
by Amazon Fulfillment
Poland Sp. z o.o., Wrocław

15024893R00101